Mis mejores historias de terror

LIBSA

c/ San Rafael, 4
28108 Alcobendas (Madrid)
Tel.: (34) 91657 25 80
Fax: (34) 91657 25 83
e-mail: libsa@libsa.es
www.libsa.es

Textos: María Mañeru, Luis Tomás Melgar, Coco Valero
Ilustraciones: José Luis Tellería
Edición: Equipo editorial LIBSA

ISBN: 978-84-662-2597-7

Impreso en China

DL: M 19722-2012

Momias y otros muertos (muy vivos)

El pequeño doctor Frankenstein

Desde el día que nos mudamos mi vida fue horrible.

No conocía la ciudad y me perdía con frecuencia, el colegio era realmente un lugar apestoso y lo peor eran mis compañeros de clase, unos niños desagradables a más no poder que se divertían tirando piedras a los gatos hasta dejarlos molidos.

Al principio yo ya pensaba que eran niños mutantes, de otro mundo, empeñados en destrozar todo lo que les rodeaba, y me angustiaba imaginando la catástrofe que podían organizar si extendían su maligno poder: el que empieza tirando piedras a los gatos puede ter-

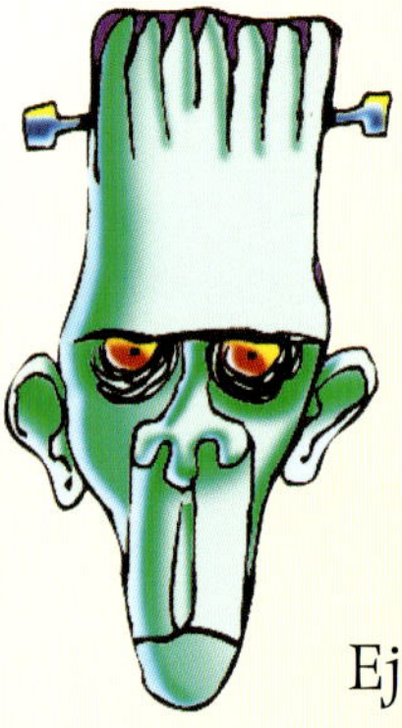

minar tirándoselas a cualquiera y no veía que la policía fuera capaz de hacer algo contra una imparable riada de niños sanguinarios.

El peor de todos era uno alto, flaco y desagradable, al que llamaban Frank, para abreviar su largo apellido. Ejercía de matón del grupo, maltrataba a los pequeños y le gustaba experimentar con bichos: arrancaba las patas a las arañas y ataba hilos a las moscas para que no pudieran volar. Este individuo no sólo estaba en mi clase, sino que además era mi vecino y podía verle cada tarde jugando en su jardín a cosas muy extrañas. Tenía un montón de artilugios diabólicos y se entretenía destripándolos, dejando sus mecanismos al descubierto e intercambiando piezas para conseguir modelos

horripilantes. El que parecía entretenerle más era un enorme muñeco de hojalata con la cabeza de un robot sideral, los brazos de un orangután de peluche, los ojos del cristal brillante de las canicas, las piernas de un dinosaurio de plástico (con rabo incluido) y que, al darle cuerda, gruñía y caminaba.

Era un muñeco bastante más grande que yo y lo guardaba en un rincón del jardín ahora convertido en sala de operaciones, donde cada día le urgaba para añadirle piezas: el lanzagranadas de un avión teledirigido, unas planchas de metal para hacerle indestructible, el motor de un coche del Escalextric para que corriera más deprisa...

Era un muñeco preparado para aniquilar.

Una noche de primavera me asomé a la ventana a respirar aire fresco. El jardín de Frank estaba oscuro y en silencio. Pero la negrura de la

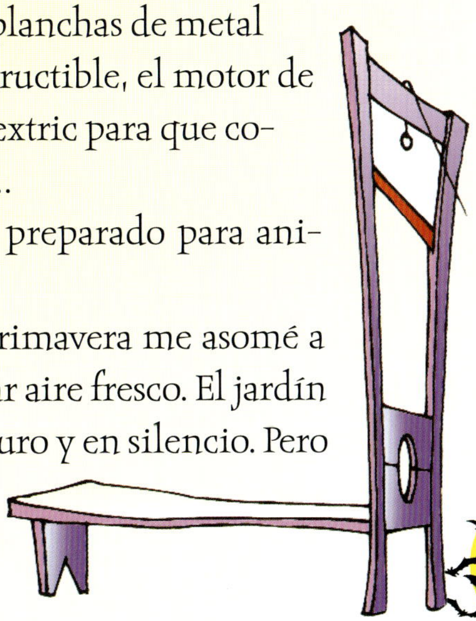

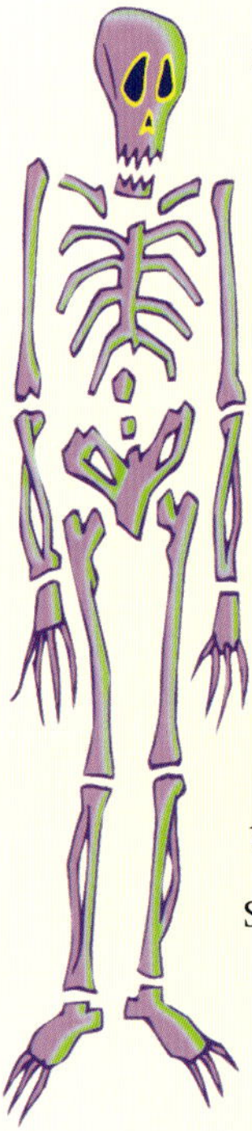

noche se rompió de repente al iluminarse dos diminutas bombillas rojas que, desde donde yo estaba, no se distinguían bien. Sólo oía un rumor metálico que se acercaba, haciéndose cada vez más estruendoso, hasta que pude distinguir de qué se trataba: el monstruo de Frank estaba andando solo por su jardín hacia mi casa.

Sus ojos de vidrio habían cobrado vida y brillaban, rojos, espeluznantes, moviéndose de un lado a otro en busca de una víctima. Caminaba golpeando con sus patas de tiranosaurio y haciendo temblar la tierra bajo sus pies. Con la cola masacraba las plantas y de un golpe derribó la tapia mientras gruñía ferozmente caminando ya por mi jardín.

En un segundo, aprovechó sus brazos de orangután para trepar a un árbol y pararse justo a la altura de mi ventana. Cerré de golpe, pero el monstruo rompió el cristal y me agarró por el pescuezo sacándome en volandas de la habitación.

Conmigo como presa, bajó del árbol y regresó a casa de Frank, donde su amo le esperaba.

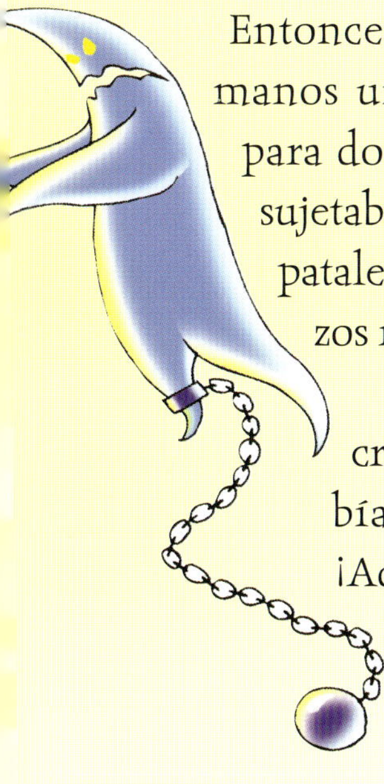

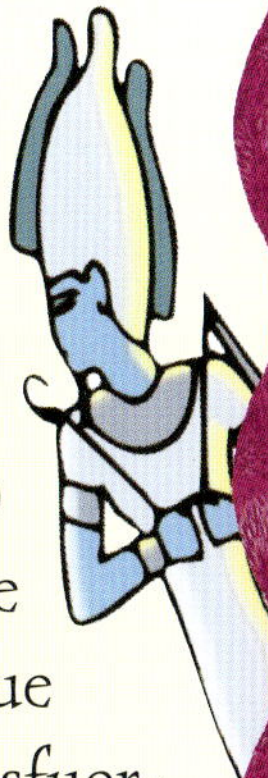

Entonces lo vi. Frank llevaba en las manos un mando de control remoto para dominar al monstruo, y éste me sujetaba tan fuerte que, por mucho que pataleara e intentara liberarme, mis esfuerzos resultaban inútiles.

Frank me miró con una sonrisa tan cruel y desvariada que pensé que se había vuelto loco y empecé a temblar. ¡Aquel niño asesino iba a ejecutarme en su jardín, sin ningún escrúpulo, dándole la orden a su robot deforme, hecho con piezas de desguace! Ni siquiera podía suplicar clemencia, pues tenía el cuello tan estrujado que no era capaz de articular palabra, así que las lágrimas hablaron por mí desesperadamente.

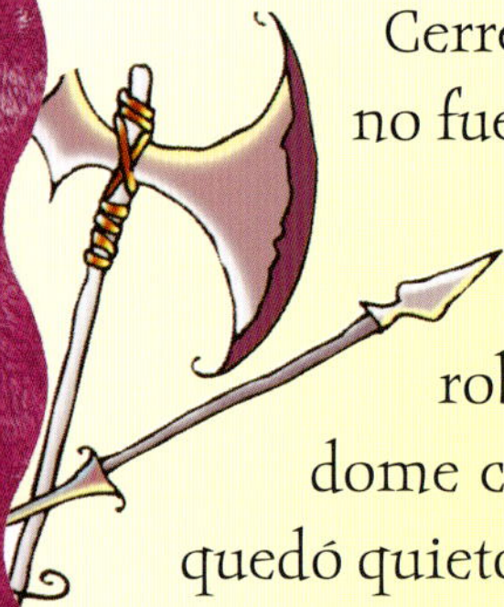

Cerré los ojos para que mi última visión no fuera el rostro iracundo de Frank, intenté recordar a mis padres antes de morir… y en ese momento el robot me soltó bruscamente, dejándome caer sobre el césped húmedo. Él se quedó quieto, inerte, todo apagado.

Abrí los ojos y vi a Frank retorciéndose de risa.

No me quedé a darle más gusto. Regresé a casa muy ofendido, aunque en el fondo bastante aliviado.

Los años han pasado. No nos quedamos mucho en aquella ciudad y terminé mis estudios en lugares más acogedores, pero desde hace unas semanas me inquieta una noticia que he leído en los periódicos. Salía una fotografía de Frank (era él, aunque sin duda mucho más mayor) y el texto que acompañaba su foto decía así:

El pequeño doctor Frankenstein

«El último Premio Nacional de Investigación ha recaído en el doctor Frankenstein por sus avances en el campo de la robótica. A él debemos el primer robot doméstico semi-inteligente cuyo prototipo, recientemente presentado, promete facilitar mucho las labores cotidianas a las personas que se ven...»

Tus amigos que no te olvidan

Para mi abuela el cementerio es un lugar precioso por donde se puede pasear tranquilamente.

Va allí casi todos los domingos, se dedica a leer las inscripciones de las tumbas (en las que pone cosas terribles, del tipo «No te olvidamos», «Eterno descanso», o «Tu amante esposo e hijos rezan siempre por tu alma»), y ella comenta estos epitafios como si fueran los cotilleos de las revistas y se siente como pez en el agua. Pero hay que comprender que la mayor parte de los amigos de mi abuela están allí («descansando en paz», como dice ella), de modo que no puede darle mucho miedo su... ¿cómo decirlo? Su... dulce compañía.

Cuando a veces la acusamos cariñosamente de morbosa, se defiende con razón

recordándonos que en el cementerio no hay gamberros con motos ruidosas, ni papeles por el suelo, ni chicos y chicas armando escándalo con sus risas bobas. Además a mi abuela le encantan las flores y el cementerio está lleno, porque las lleva la gente a las tumbas de su familia.

Algunas veces mi abuela trae algún ramo a casa. A mí me da repelús que haga eso (¿a ti te gustaría tener flores de muerto en tu salón?) y se lo reprocho porque no conozco a ninguna otra abuela de mis amigos que haga algo parecido, pero ella replica que es una pena que se estropeen allí, al sereno, y que, de todas

formas, sólo coge las de los panteones de los ricos, que tienen muchas y se secan igual. (Yo creo que en el fondo le da un poco de envidia saber que nunca tendrá un panteón grandote y cubierto de flores por el que pasear eternamente a sus anchas.)

El domingo pasado se entretuvo más de la cuenta en la partida de cartas que juega con las amigas (que todavía están vivas) y se le hizo un poco tarde, así que cuando la acompañé al cementerio estaba empezando a anochecer. Traté de convencerla de que lo dejáramos para la siguiente semana, porque me daba respeto entrar allí a esas horas.

—¡Ni hablar de eso! –respondió mi abuela–. Los primeros domingos de mes son los mejores. La gente acaba de cobrar y traen los ramos más grandes y más bonitos. No pienso perdérmelo.

Entenderéis que no hubiera sido decente dejar a mi pobre abuela sola ante el peligro, así que la seguí hasta la verja del cementerio suplicando para mis adentros que lo hubieran cerrado ya.

Cuando llegamos, el enterrador (viejo amigo de mi abuela a fuerza de verse) estaba cerrando la cancela, así que yo me creí salvado, pero no contaba con la mutua confianza que se tenían. Mi abuela insistió y él le dejó la llave pidiéndola que cerrara el candado al salir y que le dejara la llave escondida bajo una determinada piedra.

Siempre puede ser todo peor de lo que uno imagina, pero... Mi abuela y yo estábamos solos en el cementerio, a las nueve de la noche, y encima se puso

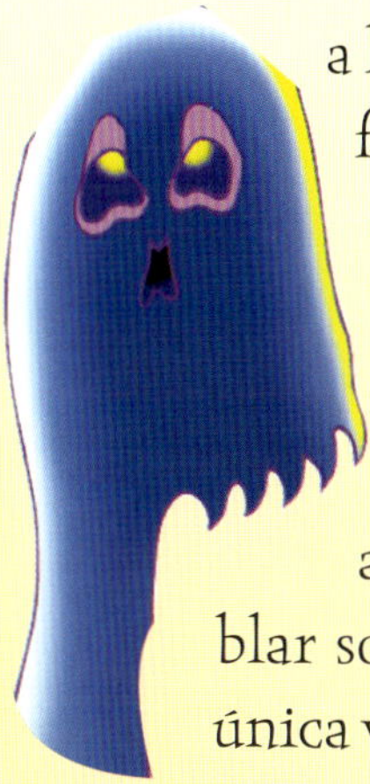

a llover a cántaros, con lo que tuvimos que refugiarnos en el primer panteón techado que encontramos.

Me dediqué a observar la lluvia con disgusto mientras mi abuela inspeccionaba el panteón. Me pareció oírla murmurar algo (cosa muy frecuente en ella eso de hablar sola), pero no le di importancia porque la única vez que se lo dije, me respondió que los viejos tienen derecho a hacer lo que les dé la gana sin temor a hacer el ridículo, que a todo el mundo le parece normal que un viejo hable con las paredes, y que lo terrible sería que lo hiciera yo, porque me tomarían por loco.

¡Bah! Ahora estaba muy fastidiado y no me hacía ninguna gracia seguir allí. Pero mi abuela hablaba sola sin parar.

Me volví para pedirle que se callara y pensara en una solución y al darme la vuelta, vi con espanto que no estaba hablando sola, no; sino con un muerto bien amortajado, blanco y medio descompuesto, cuya visión hizo que se me helara la sangre en las venas.

Cogí una piedra del suelo y le amenacé intentando atraer a mi abuela hacia mí para ponerla a salvo, pero ella me miró como si hubiera perdido el juicio.

—¿Pero qué haces, Juan? –me dijo–. Ten un poco de educación, hijo, que vas a espantar a Sebastián.

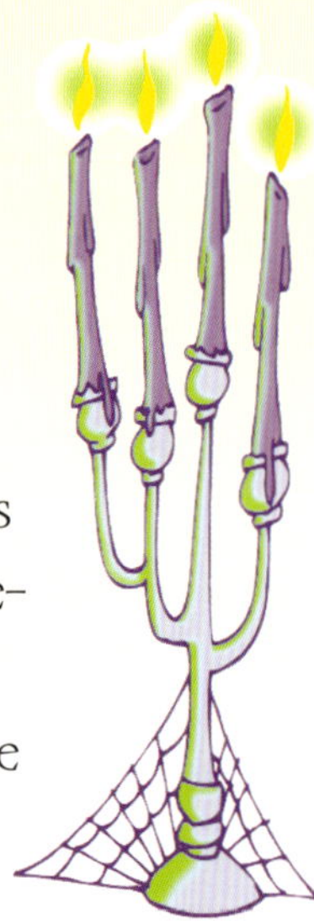

¡Tenía gracia! ¡Yo iba a asustar a aquel ser repugnante!... Aunque... lo cierto era que me miraba muy trastornado, como si no entendiera que yo quisiera golpearle. Entonces mi abuela nos presentó formalmente:

—Sebastián, este jovencito impulsivo es mi nieto Juan. Juan, éste es Sebastián, un viejo, viejo amigo.

El cadáver me tendió la mano (cosa que me dio bastante asco) pero yo se la cogí y... no sé ni cómo, me encontré bajando a la cripta del panteón, donde un montón de ancianos muertos (todos «viejos» conocidos de mi abuela) estaban reunidos alegremente, bailando claqué sobre las lápidas como si fueran unos chavales y no unos venerables esqueletos.

Eso era lo bueno de estar muerto, decían, que ya no te duele la artrosis, ni te cansas, ni tienes que arreglarte para salir.

Cuando cesó la lluvia, recorrimos el cementerio engalanado con las mejores coronas de la temporada. «Tus amigos, que no te olvidan», decía la banda que una calavera cruzó sobre la cabeza de mi abuela a modo de collar. A mí me regalaron un gran centro de flores (un honor por ser el más joven de la fiesta) y a ella le recomendaron que se muriera pronto para no tener que acudir a sus reuniones de forma clandestina.

Después de aquella noche, cuando veo películas de muertos no puedo dejar de reírme. Mis amigos piensan que soy un tipo duro y algo raro que no se deja impresionar por nada. Pero si ellos supieran...

La fiesta de los muertos vivientes

Nunca había celebrado la noche de Halloween, pero aquel año mis amigos decidieron ir a la fiesta de disfraces del colegio y yo no podía ser el único en faltar, así que entre mi madre y yo hicimos un disfraz de fantasma bastante decente con una sábana que me caía por los lados y unos agujeros a la altura de los ojos («para que no te desnuques al subir las escaleras», dijo mi madre). También aproveché un balón de fútbol pinchado, lo pintamos de negro y me lo até al tobillo con una cadena. Es cierto que era una bola fantasmagórica algo abollada, pero no estaba mal. Yo me sentía orgulloso de ir tan bien disfrazado.

A las nueve pasaron a buscarme mis amigos: Marisa llevaba un estupendo disfraz de bruja, todo negro y con cucurucho; Óscar iba de monstruo, con una careta de goma verde llena de verrugas y dientes, y Susana iba vestida

con un traje blanco de encajes muy bonito, como de princesa, aunque ella estaba empeñada en que era un disfraz de alma en pena.

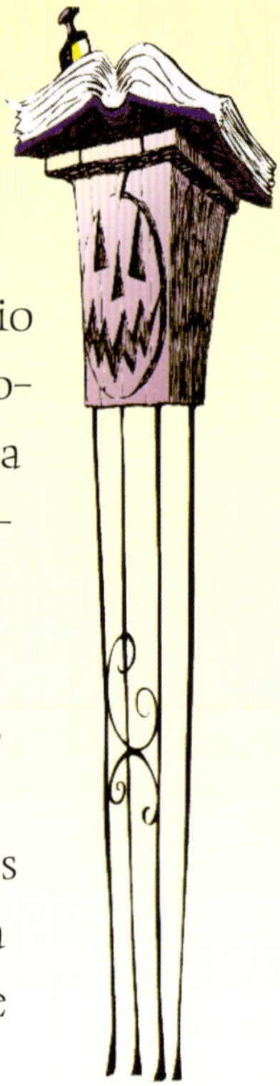

Habían decorado el gimnasio del colegio con velas y calabazas huecas, de esas que ponen cara de mal genio, y había también una mesa con bocadillos y patatas fritas y refrescos de color azul que sabían a cola.

Estaba lleno de chicos como nosotros, todos disfrazados con caretas o maquillaje, y no había forma de reconocer a nadie.

Empezamos a bailar a empujones, que es como nosotros solemos bailar, y a la media hora ya estábamos agotados, aburridos de bromear y definitivamente empachados. No sabíamos qué más hacer cuando a Marisa se le ocurrió que jugásemos al escondite aprovechando que el colegio estaba abierto y desierto, a nuestra disposición. Como de costumbre, me la quedé yo y los demás salieron corriendo mientras contaba hasta doscientos. Hice trampas, conté sólo hasta setenta y ocho, y corrí a buscarlos.

A Óscar le encontré enseguida, escondido debajo de una mesa en la clase más cercana (es que Óscar es un chico sin malicia y siempre sabes por dónde va a ir), así que nos fuimos los dos en busca de las chicas, que son bastante más retorcidas y pueden esconderse en los lugares más extravagantes.

Cuando cruzábamos el segundo pasillo nos topamos de frente con tres compañeros disfrazados y les preguntamos si las habían visto, pero no respondieron.

—¡Eh, que es a vosotros, que os estamos hablando! —dijo Óscar, molesto por su indiferencia.

Pero ni se inmutaron. Nos miraban con ojos como vacíos (a mí me parecieron una panda de soberbios) y eso sí que no nos gustó nada. Como un par de gallitos, nos acercamos a ellos. Seguían callados, así que zarandeé un

poco al más flacucho. Al tocarle, sentí algo muy desagradable: estaba helado y blando, y cuando le quité la careta (seguía impasible), un rostro pálido de ojos vidriosos me miró sin emoción.

Entonces los demás se quitaron sus caretas y vimos que todos tenían el mismo aspecto pálido, seco, moribundo y vacío.

Retrocedimos asustados, pero ellos avanzaron con los brazos rígidos y agarraron a Óscar de la peluca, tirando de ella y del disfraz dispuestos a arrancárselo.

Entre los dos, les empujamos con fuerza y ellos, inestables, se cayeron para volverse a levantar lentamente pero con la misma fijación que antes: la de atacarnos. Cogí una silla (nuestros movimientos eran mucho más rápidos) y golpeé a uno fuertemente. Recuerdo que le alcancé en la cabeza pero no sangró, sólo se tambaleó y volvió a incorporarse despacio.

Echamos a correr de vuelta al gimnasio, llamando a gritos a Marisa y a Susana, cuando de pronto las vimos acorraladas contra la pared y rodeadas de una panda de invitados, pero...

¡Aquellos invitados a esa fiesta diabólica no estaban disfrazados! ¡Eran así! ¡Eran muertos vivientes de verdad! Muertos que avanzaban por todas partes como autómatas... ¡justo hacia donde estábamos nosotros!

Susana abrió la ventana y salimos de un salto al patio, pero aquellos seres todavía nos seguían. No había nadie en la calle, nadie a quien pedir auxilio, nada.

Y aún nos perseguían.

Mientras corríamos sin rumbo fijo, un reloj dio las doce pausadamente y con la última campanada... los muertos se desvanecieron por completo.

La noche de Halloween había terminado.

Al día siguiente en el colegio todo parecía normal. No quedaba ni rastro de la fiesta y nadie comentaba nada sobre ella. A mediodía, el tutor nos anunció que, dada la afición creciente y por primera vez en la historia, la junta escolar iba a permitir que se celebrara una fiesta de Halloween en el colegio el año siguiente.

Nosotros nos miramos estupefactos, preguntándonos si lo sucedido había sido un sueño. Pero, en cualquier caso, seguro que el próximo año no iremos a la fiesta ninguno de los cuatro.

(Sucios) Bichos monstruosos

El monstruo de la envidia

Me ha pasado una cosa hiperhorrorosa, pero no puedo contarlo. De verdad. Te lo prometo por la cobertura de mi móvil. Si se enteraran de lo que he visto con mis propios ojos seguro que me matarían o no me llevarían a comprar a esa tienda maravillosa que han puesto de Calvin Klein, ¿te imaginas? Pero bueno, si lo escribo aquí, o sea, que si no lo digo en voz alta, nadie lo sabrá jamás, no se enterará ni la madre de Obi-wan, te lo prometo. A ver cómo empiezo. O sea.

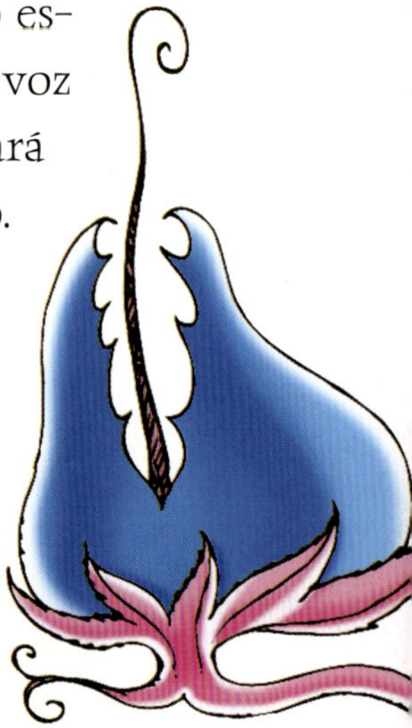

Tengo doce años y soy una chica. El caso es que tenía... bueno, tengo, un hermano absolutamente repelente, lleno de matrículas y premios escolares, o sea, asqueroso. Tenía... bueno, tiene, la costumbre hiperhorroro-

Telagram vaychem.
stimilamataon y
ezpares, retragamma-
ton cryoram
aryon erglyon existion
shyona oneram.

sa de quedársete mirando como si tú fueras una de esas porquerías que saca el gato del cubo de la basura. Se pasaba... bueno, se pasa, el día ignorándome y sólo me habla para hacerme bajar el volumen del compact. Pero lo peor, o sea, lo peor, fue el otro día (justo cuando estrené mi Levi's ideal con el suéter Benetton lila de puro hilo de Escocia), que va y les dice a papá y mamá:

—No entiendo por qué os gastáis ese dineral en la ropa de Pitu. Podríais comprársela sin marca y mandar la diferencia a una ONG.

Fue atroz. Te lo prometo por el casco de Darth Vader. Papá y mamá se quedaron pensando en la horrible proposición del enano siniestro y a mí se me pusieron los pelos como angulas congeladas, te lo digo.

El monstruo de la envidia

Por la noche papá y mamá salieron a cenar y entonces salí de mi habitación de puntillas. Me acerqué al dormitorio del enano repelente y me aseguré de que estaba durmiendo. ¡Vaya si dormía! Bajé a la biblioteca y me subí a una escalera (hay que ver lo fastidiosos que son los padres poniendo los libros interesantes en el último estante; es que da vértigo, te lo prometo). Había descubierto un libro genial de hechizos y brujerías, con unas ilustraciones absolutamente hiperespeluznantes, y con conjuros para llamar a mogollón de monstruos, te lo digo, que me quede sin mi chaqueta de Hugo Boss si no es verdad. Y ya llevaba días y días buscando encantamientos, aprendiéndome de memoria las palabras para conjurar al monstruo de Cthulhu (un bicho que, por lo visto, se

lleva consigo a quien tú le pidas) por si alguna vez necesitaba hacer desaparecer a alguien que me diera la vara.

Y como ahora sí había alguien dándome la vara...

El asqueroso del enano con sus notas hiperaltísimas y sus diplomas y su fastidiosa superioridad. Y encima queriendo que papá y mamá dejen de comprarme ropa de marca, que es lo único que una chica como yo puede llevar, o sea. ¡Se le iba a caer el pelo al canijo ese!

Con todo lo necesario para el ritual guardado en mi mochila de Prada, salí hacia el vestuario de la piscina. En el suelo de madera hice un círculo con la sal, coloqué seis velas y, después de encenderlas, me metí dentro del círculo con una piedra hematites en cada mano. Estaba mogollón de asustada, te lo prometo, pero iba a llamar al monstruo pasara lo que pasara.

—«¡Gran apelación al monstruo de Cthulhu, con el que se desea formar un pacto, sacado del gran Clavícula!» —repetí de memoria con voz alta y clara—. «Señor de lo oscuro, protégeme en mis empresas. Príncipe de los señores más antiguos que el mundo, muéstrate propicio y haz que en esta noche se me aparezca con su forma real tu lugarteniente. Tetagram, vaychem, stimilamataon y ezpares, retragammaton oryoram iryon erglyon existion eryona oneram. Yo te invoco».

(Sucios) Bichos monstruosos

Ante mis ojos apareció el bicho monstruoso más hiperespeluznante que nadie pueda imaginarse. Tenía cuerpo de león, cara de hombre, tres o cuatro filas de dientes, un aguijón como el de los escorpiones al final de la cola, una voz como si silbara y patas de enorme saltamontes con las que brincaba a mi alrededor.

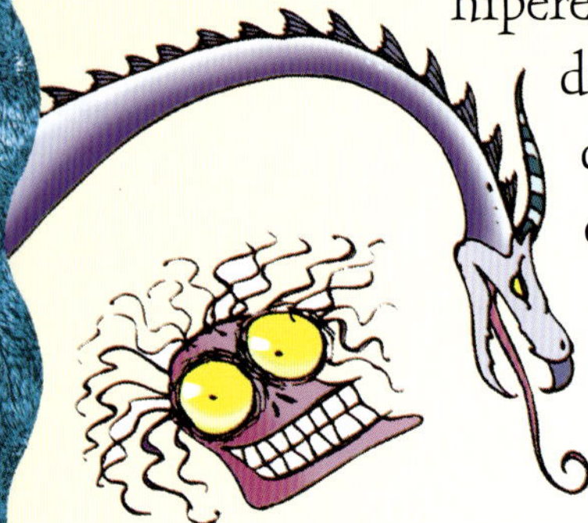

—Heme aquí. ¿Qué me quieres? ¿Por qué turbas mi reposo? –silbó mirándome con ojos vidriosos.

Al monstruo le olía el aliento como un millón de alcantarillas, o sea, o peor. No me salía la voz del puro terror, te lo prometo.

—Respóndeme, humana. ¿Qué quieres de mí?

—Te-te he llamado pa-para pactar contigo –la verdad es que no sé ni cómo pude decir palabra–. Quiero que te lleves a mi hermano… Vamos… sí, más o menos… Y si no me obedeces –recordé de

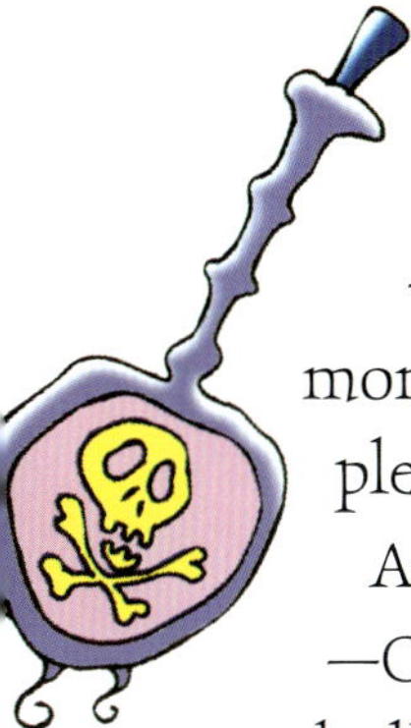

pronto un truco del libro– te atormentaré con las poderosas palabras de Clavícula.

—Lo haré a condición de que me consagres una moneda cada lunes del resto de tu vida. Si no cumples la condición, vendré a buscarte también a ti.

Aterrada y todo, acepté el pacto.

—Cumpliré tus deseos. Llévatelo ¡oh! monstruo de Cthulhu. Llévatelo ahora que duerme –contesté colocando la voz como lo hacen las sacerdotisas de las películas. Y de repente, el bicho se esfumó. ¡Plaf!

El caso es que ahora mi hermano ha desaparecido y papá y mamá tienen a la policía revuelta. ¡Cualquiera dice nada! Están convencidos de que lo han raptado y esperan que alguien llame pidiendo el rescate. Piensan pagar cualquier cantidad, o sea, lo que haga falta.

Pero... ¿Y si no aparece?... Qué fuerte, ¿no?

Taller de escritura

El anuncio amaneció pegado a los escaparates de todas las tiendas del pueblo.

Fue un éxito, claro.

¿Deseas que tu hijo desarrolle su imaginación y sus cualidades creativas? No dejes que los pequeños se aburran en casa al volver del colegio. En el taller de escritura de maese Lovardo disfrutarán aprendiendo a escribir cuentos.

El primer día de taller llenaron el aula diecisiete criaturas de ambos sexos con edades comprendidas entre los diez y los trece años. Naturalmente, puesto que todos se conocían (en un pueblo todo el mundo presume de saber quién es cada quién), armaban un barullo semejante al de una colonia de grillos cantándole a la luna llena.

Y, cosa por demás lógica y normal, todos ellos arremetían contra el compañero más bajito y delgaducho: un chaval bastante esmirriado al que sus desatinados padres impusieron en la pila bautismal el inapropiado nombre de Hércules; fuente, como no puede ser de otra manera, de todo tipo de perversas (e incluso divertidas) bromas.

Justo cuando los belicosos jovenzuelos habían conseguido izarle del suelo y, en una maraña de manos, estaban a punto de cerrar el pupitre en el que habían metido al pobre Hércules, hizo su entrada en escena el profesor, director y único representante del taller de narración creativa.

Era un hombre alto, pálido, de pelo oscuro y de una delgadez tan acentuada que, embutido en su ajustada levita negra, más parecía una barra de regaliz que un maestro dispuesto a lidiar con aprendices de Atila.

Sin mover un solo músculo de su descarnada fisonomía, el maestro se dirigió a los alumnos con una voz más precisa, profunda y sonora que la campana de la catedral.

—Caballeros, damitas...

El pitorreo general ante tan inesperada introducción hizo callar momentáneamente al docente. Les miró sin mover un músculo, esperó, y un momento después lanzó un carraspeo similar al gruñido de un tiranosaurio que, de inmediato, sumió en el mayor silencio a toda la concurrencia.

—Volveré a empezar —comenzó abarcando con su mirada fija a todos los muchachos—. Caballeros, damitas, van a asistir ustedes a la más portentosa, extraordinaria e increíble explicación de lo que es y en qué consiste un taller de narración.

Los alumnos, que de caballeros y de damitas no tenían nada en absoluto, reemprendieron el abucheo con auténtico espíritu batallador. El carraspeo salido de lo más profundo de la seca humanidad del conferenciante fue esta vez aún más grave y audible. Tanto, que dejó a la tribu de salvajes muda de la impresión.

—Como iba diciendo, están ustedes aquí para aprender a escribir cuentos. Y van a aprender algo sobre los cuentos de mie-

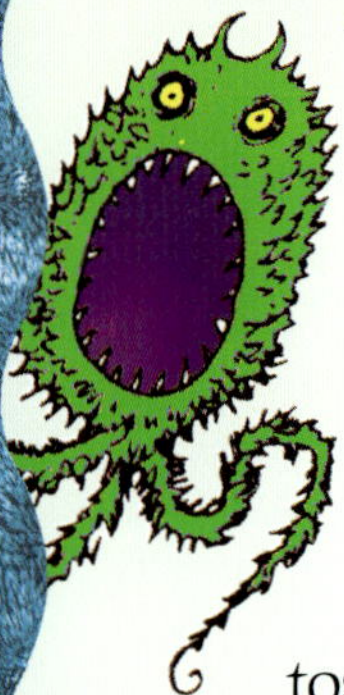

do, dado que demuestran cierta pasión por aterrorizar al prójimo. Supongo que a todos les gustará estremecerse con una buena narración, ¿verdad? No voy a privarles de un relato de esas características, se lo aseguro. ¿Estamos de acuerdo?

La asamblea de aspirantes a cuentacuentos inició un último amago de sublevación en masa. Pero una seca palmada, con la misma sonoridad que el disparo de un cañón anticarro, volvió a dejarles sin voz.

—Debo advertirles que en esta aula sólo hablo yo. Pero prosigamos con el tema que nos ocupa. Estoy seguro de que a especímenes como ustedes les entusiasman las historias cuanto más truculentas mejor, así que dedicaré su primera clase al género de los bichos terroríficos. Les ruego que estén atentos a mis palabras y mantengan la mirada fija en mis ojos.

Hércules, que estaba medio metido en el pupitre donde le habían dejado sus compañeros, dirigió obediente la mirada hacia los ojos del conferenciante y lo que vio allí no le gustó ni un pelo. La verdad es que no le gustaba ni un pelo nada en aquel profesor. Hablando de pelo, el de ese hombre no parecía de verdad; ni siquiera parecía pelo. Era una cosa rara, como fideos oscuros pegados a la cabeza. Y su color... era como de miga de pan sobada. Y la cara... la cara se le movía por dentro, como si veinte mil gusanos vivos se pasearan por debajo de su piel. No quería ver más.

—Me gustaría empezar invitándoles a imaginar un bicho que les espante. Algo con gusanos en lugar de cabellos. Con un nudo de lombrices conformando el rostro. Con tentáculos en lugar de brazos. Y con ojos facetados y amarillos que roban la voluntad de los chicos obligándoles a llevarlo a sus hogares.

Hércules veía espantado cómo el profesor iba cambiando su aspecto, poniéndose igualito al bicho monstruoso del que estaba hablando. Silencioso como las lombrices que se movían en lo que antes era la cara de la cosa, fue ocultándose completamente en el pupitre. Antes de dejar caer sobre él la tapa pudo ver cómo el maestro monstruoso, ese ser de otro planeta, extendía una red finísima, como los hilos de una telaraña, sobre todos sus compañeros de clase.

Y escuchó decir a uno de los chicos más valientes:

—¿Quiere usted venir a mi casa?

La contestación que dio el que antes había sido maese Lovardo fue un chirrido igual de desagradable que el de las chicharras cuando se frotan las patas:

—... Fshhh... le dijo la araña a la moshhhhca.

Mientras, a los oídos atentos de Hércules llegaba el sonido suave e inquietante de una red de seda, convertida en saco y cargada hasta los topes, que el bicho arrastraba por la clase recogiendo en su interior a los alumnos del taller.

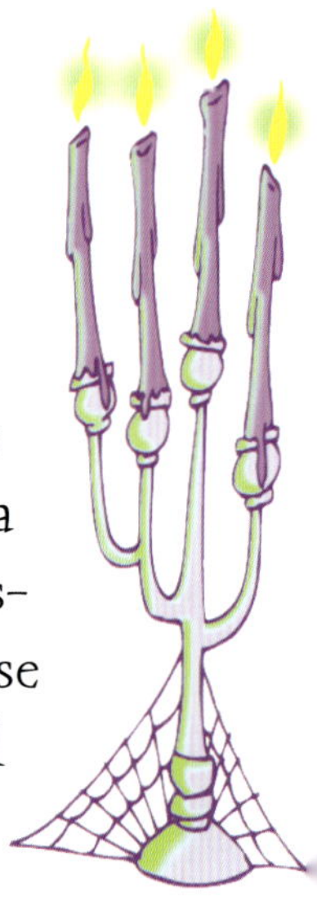

Mothman (la mascota)

¿Por qué no pueden venir mis amigos a casa?

—Pero querido, si tú no tienes amigos...

Ric fija los ojos en su tía Enriqueta con esa expresión de frío desprecio con la que los niños miran a los mayores cuando encuentran que son completamente idiotas.

—¿Y cómo quieres que los tenga si no me dejas traerlos a casa, eh? A ver.

—Ricardo, por favor. Anda y termina tu desayuno. No me gustaría que llegaras tarde al colegio.

Ric se lleva a la boca una cucharada de cereales tan llena que consigue que la leche le chorree por la barbilla. Eso a ella le molesta mogollón. Siempre anda a vueltas con que la gente bien educada come bocados pequeños, mastica sin hacer ruido y no sorbe la sopa ni los espaguetis. Pues él sorbe. ¿Y qué? ¡Como si no se supiera de memoria ya todo ese rollo! Pero la tía se lo repite siempre, porque es completamente idiota.

—Ricaaardo, no llenes tanto la cuchaaara. Límpiate la boca y bébete la leche, por favor.

—No quiero más. Y quiero que me digas por qué no puedo tener amigos.

—Pero hijo, eso no te lo puedo decir yo. Ya sabes lo que dice el tutor: que tú nunca intentas hablar con los demás, que no quieres jugar con ellos en el recreo...

—El tutor es idiota. No puedo hablar con ellos porque no saben hablar de nada, y además, como no puedo invitarlos a casa...

—No hables así de tus profesores, por favor, Ricardo. Deberías mostrar un poco más de respeto.

(Sucios) Bichos monstruosos

¡Por favor, por favor! No hay forma de que la tía Enriqueta se altere por nada de lo que hace o dice Ric. Le gustaría que gritara y se pusiera hecha una furia, como se puso la cocinera cuando cambió el azúcar por la sal y sirvió en la mesa un arroz con leche amargo, de puro salado. Pero ella no. A ella ni se le mueve un pelo. Nada. Sólo levanta la ceja derecha en un gesto de lo más fastidioso, como de no entender de qué va Ric. Y Ric se siente incomprendido.

—Pues si no pueden venir mis amigos, por lo menos déjame tener un perro.

—Sabes perfectamente que no se puede tener un perro en casa. Manchan la moqueta y llenan de pelos el sofá.

Pero lo dice con toda la tranquilidad del mundo. Sin importarle un comino que él se sienta solo. También sin importarle ni una pizca que él la odie. Porque la odia. Aunque a lo mejor no lo ha notado, porque como la tía Enriqueta es completamente idiota...

—Vale. Pues cómprame un Mothman, tía.

—¿Un Mothman?

Es el superjuguete de moda, un bicho fabuloso. Tiene los ojos rojos y es de piel de verdad. Tía Enriqueta

cree que es un oso de peluche y Ric tiene que hacer un esfuerzo para no tirarle a la cara el tazón con el resto de la leche a ese ser repelente y torpe que parece la figura de cera de un museo.

—No es un oso de peluche, tía. Te he dicho que es de piel. Negro y brillante. Es electrónico y se mueve, y vuela, y te obedece cuando le mandas. Puedes programarlo para que diga lo que tú quieras. Estaré super-entretenido y me parece que también puede ayudarme a estudiar. Además no lo dejaré por ahí tirado, porque tiene que estar guardado en su caja

para que no se descargue la batería. Y el Mothman no ensucia la moqueta ni deja pelos en el sofá.

—Está bien, Ricardo; me enteraré de dónde venden ese Mothman que quieres...

(Sucios) Bichos monstruosos

Mientras bebe el resto de leche, Ric oculta una malévola sonrisa. ¡Qué facil es llevar por donde uno quiere a la gente idiota!

***

—¿Mothman? ¡Mooothmaaan, escúchameee! —susurra Ric abriendo la cajita que guarda su mascota.

El bicho abre los ojos que centellean con brillo rojo, como si fueran de rubí de verdad. Igual que la sortija que llevaba mamá. Es una de las pocas cosas que recuerda de ella, la sortija. Y el pelo rubio. También el olor perfumado de cuando se inclinaba a darle un beso. Pero tampoco se acuerda casi nada de papá.

(Sucios) Bichos monstruosos

Ellos viven en América, en Boston. Trabajan allí. Son... ejecutivos, o algo así, muy importantes; y prefieren que Ric siga en España, a cargo de la tía Enriqueta, porque en América, con ellos, un niño de diez años sólo sería una molestia.

Pero ahora ya no está solo. Ahora tiene a Mothman y él sabe cómo divertirle.

Mothman, con su cuerpo de piel negra y sedosa, sus alas grandes como las de un águila, sus ojos rojos y brillantes... y esos colmillos largos largos, y punzantes como agujas, que le han ido creciendo últimamente...

—Vamos, Mothman, vuela. Vuela hasta el cuarto de la tía Enriqueta. Puedes ir a beber. Ahora está dormida y, además, ya sabes que es completamente idiota.

Mis (terribles) fantasmas

Clara no es mala

¡Clara! ¡Te estoy hablando completamente en serio! Como vuelvas a hacer algo así, te meteré interna en un colegio.

—Pero mamá, si yo... ¡yo no he hecho nada!

—Mira. No quiero discutir. Piénsatelo: interna.

Y se fue, dejando a Clara sola en su habitación, en casa del abuelito Ángel. En su enorme y fría habitación. Se acurrucó debajo de las sábanas, sin atreverse a cerrar los ojos. Estaba segura de que, en cuanto se durmiera, ellos volverían a aparecer. Ellos, que hacían cosas terribles para que todo el mundo pensara que ella era la culpable. Los fantasmas de la casa del abuelito Ángel eran perversos.

Clara no era la mala, por supuesto que no.

Ella era una niña buena que nunca hacía travesuras ni se divertía asustando al pobre tío Javier, por mucho que su madre creyera otra cosa.

Javier estaba aterrorizado. Odiaba, odiaba, ¡odiaba! la casa del abuelito Ángel. Pero había que pasar allí las Navidades. Al fin y al cabo, ellos eran su única familia, y su hermana se enfadaría terriblemente si él pasaba las Navidades en otro sitio. Ella se enfadaría y le gritaría como aún le gritaba su madre desde dentro de su cabeza, y le miraría con reproche como le miraba mamá desde los cuadros de la galería.

Cuando Javier se tomaba las pastillas que le había dado aquel médico, el psi-

quiatra, su madre dejaba de gritarle. Pero también odiaba las pastillas, porque con ellas parecía lo que era: un adulto normal de treinta años, sí, pero entonces tendría que volver a trabajar, ¿verdad?

Javier estaba aterrorizado. Era consciente de que Clara, su sobrina (esa niña horrible), le torturaba sin descanso. Aullaba desde los grifos, se paseaba por delante de su cuarto con una vela y el busto de Dante sobre la palma de la mano, movía las cosas en el aire y hacía que las puertas se cerraran y las ventanas se abrieran. Javier era consciente... pero tenía miedo. Tenía miedo de Clara y de todos las fantasmas que esa niña maldita era capaz de invocar.

De todas formas, aquella noche ya habían tenido todos bastante.

Clara había conseguido hacer gritar a Javier cuando logró que la armadura del pasillo caminara sola hasta su cama. Pero la bronca que se llevó la niña debía haber terminado con aquello. ¿O no?

—Javieeer, estás condenaaado —graznó una voz lúgubre desde el pasillo.

Javier se quedó sin aliento. Clara seguía haciendo de las suyas. ¿Pero cómo diablos conseguiría poner esa voz metálica? Menudo bicho había criado su hermana. Javier se metió debajo de las sábanas y se puso a rezar mecánicamente. Oyó que la puerta de su dormitorio se abría con un chirrido.

—Javieeer, mírame. Mírame o te llevaré conmiiigo...

Despacio, muy despacio, Javier se descubrió. El autómata del abuelito Ángel, un maldito chisme mecánico del tamaño de

una mujer, se acercaba con impasible determinación. Era sólo un robot, Javier lo sabía, pero aun así emitió un alarido de espanto y salió corriendo del cuarto. Cerró la puerta tras de sí y se apoyó en ella, jadeando. Clara, esa insufrible mocosa, lo contemplaba desde el otro extremo del pasillo.

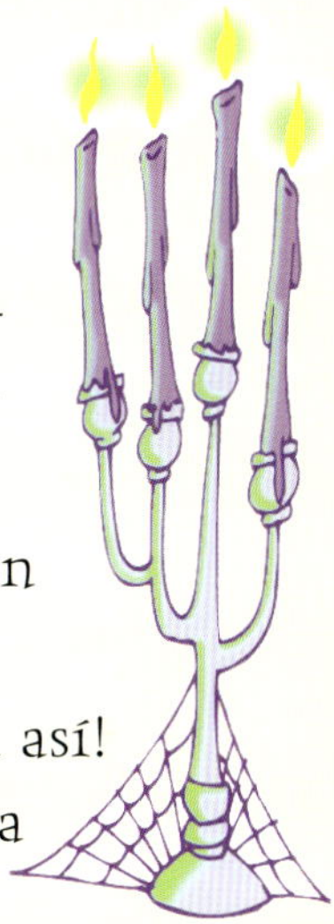

—Tío Javier, tengo miedo –dijo, con un hilo de voz.

¡Y aún se atrevía a decir una cosa así! ¡Como si Javier no supiera que ella era la responsable de todo! Clara miró hacia atrás. Parecía efectivamente asustada, pero... Echó a correr como despavorida hacia las escaleras y subió a toda prisa hacia el torreón. Sin pensarlo dos veces, Javier corrió tras ella, dispuesto a darle una buena azotaina a esa niña diabólica.

Cuando llegó arriba, encontró la puerta del desván abierta. Una luz tenue salía del interior. Entró muy despacio, con enorme angustia. Clara estaba como congelada, parada ante una mesa repleta de velas negras encendidas. En el centro había una figura amorfa, de cerámica, recubierta de conchas marinas. Y algo parecido a un gallo del corral flotaba –¡flotaba!– inerte sobre la mesa. El cuello del gallo muerto se desgarró ante los atónitos ojos de Javier, que no podía ver la aterrorizada expresión de su sobrina.

Clara no es mala

Cuando la sangre cayó a chorros sobre la mesa, Javier sintió que la cabeza le daba vueltas y vueltas. Cayó al suelo, presa de convulsiones, gritando como si alguien le arrancara el alma.

Clara y tío Javier abandonaron la casa del abuelo Ángel aquella misma mañana. Tío Javier, debatiéndose dentro de una camisa de fuerza, rumbo a un hospital psiquiátrico. Y Clara, con dos trenzas y una falda escocesa, camino de un internado de monjas.

Ni mamá ni el abuelo querían perdonar a Clara, seguros de que ella había vuelto loco al tío Javier. Nadie estaba dispuesto a creer la verdad, la verdad: que ella era una víctima, igual que él. Una víctima de las voces fastasmagóricas que escondía la casa del abuelo. Víctima de las miradas de los cuadros, de los ruidos, de las cosas que se movían solas... Pero como todo el mundo la consideraba ya un monstruo... Clara se fue convencida de que, ciertamente, debía serlo.

Ven a cenar con mis descendientes

—Mamáaa... Que no quiero ir a casa de la tía Teodooora... –protestó Jorge una vez más, mientras se ponía el plumas.

—Cariño, ya sabes que los niños no pueden entrar en el hospital. Y papá y yo tenemos que pasar la noche con tu abuela. A mí tampoco me gusta la tía Teodora, así que sé a qué te refieres, pero no hay otro remedio.

Jorge no se molestó en protestar más. «Demasiado pequeño para quedarte solo.» ¡Menudo argumento! Por Dios, si ya tenía once años. Y desde luego, mejor solo que con tía Teodora, que estaba loca, por muy simpática que fuera la doncella que se ocupaba de ella.

Apenas cinco minutos después, el chófer de tía Teodora vino a buscarlo. Cuando lle-

garon a la casa, ya estaba anocheciendo. Jorge respiró aliviado, recordando la horrible mansión en la que antes vivía la vieja loca. Al menos, ahora se había mudado a un chalet nuevo y normal, no aquella casa encantada llena de ruidos extraños y de rincones oscuros.

Alicia, la doncella, salió a abrirle la puerta. Enseguida tuvo que subir a saludar a tía Teodora que, como siempre, estaba en su cuarto. Llamó a la puerta y abrió con cuidado sin esperar la respuesta. Allí estaba la vieja loca, vestida con un traje largo y abultado de terciopelo verde, mirándose atentamente en el tocador mientras se repasaba su pálido maquillaje.

—¿Tía Teodora? Hola, tía. Venía a darte un beso.

—¿Antonio? Pasa, hijo; pero no molestes a mamá...

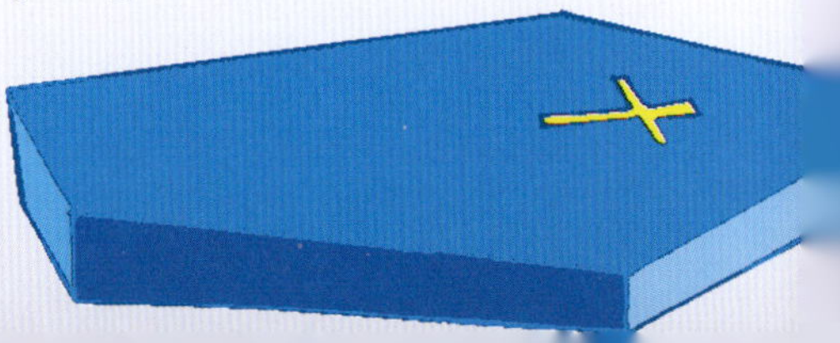

—Tía Teodora… soy Jorge –la interrumpió el niño.

—Bueno, bueno, te daré un bombón –sacó una caja de la cómoda y se la ofreció. Jorge cogió uno–. Antonio, hijo, ponte derecho; parece que hubieras menguado. Estoy segura de que estirado eres más alto.

Haciendo una leve inclinación, Jorge salió del cuarto. Aún llevaba el bombón en la mano: con el paso de los años, había aprendido que los dulces de tía Teodora estaban caducados casi desde antes de que él naciera.

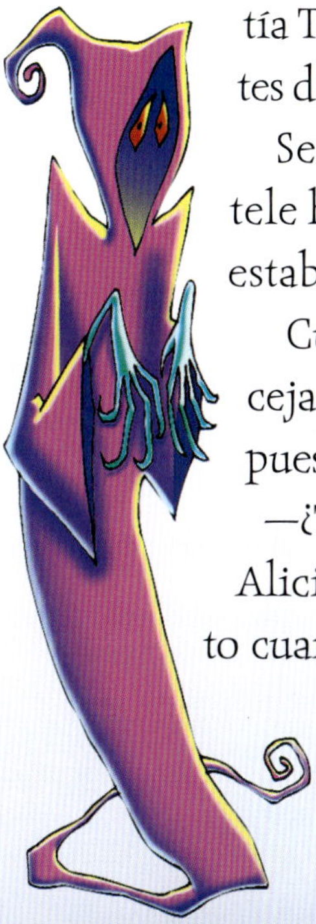

Se fue directo al salón, dispuesto a ver la tele hasta que Alicia le avisó de que la cena estaba preparada.

Cuando entró en el comedor, levantó una ceja (le encantaba hacer eso) al ver la mesa puesta para cinco.

—¿Tenemos compañía, Ali?

Alicia le hizo un gesto para que se callara justo cuando tía Teodora entraba en el comedor, engalanada ahora con un traje de satén. Muy digna, se sentó en la cabecera, y miró hacia la silla vacía de su derecha.

—No te atrevas a hablarme así, Antonio. Aún soy tu madre.

Silencio.

—Y no te burles, Antonio. Ya sé que me queda poco tiempo, pero mientras tanto, respétame.

Silencio.

Tía Teodora giró la cabeza hacia otra de las sillas.

—¡Eso es mentira y lo sabes, bruja! Tú eres la única culpable. Tú y tus costumbres licenciosas han llevado a mi familia al desastre.

—¿Qué está ocurriendo? —preguntó Jorge a la doncella, en un hilo de voz.

—Cree que habla con su hijo y su nuera sobre la cría, su nieta —contestó Alicia susurrando—. Me obliga a poner la mesa para todos... aunque murieron hace muchos años. Ya sabes, primero la niña, luego la madre, y luego Antonio, que se suicidó... Pobre mujer. El médico dice que es demencia senil.

—Si he de ir al infierno por lo que hice, ¡así sea! –gritó de pronto tía Teodora–. No me arrepiento de nada de lo que ocurrió.

Se levantó muy lentamente y, tras una última mirada de desprecio a las sillas vacías, salió. Alicia corrió tras ella. Jorge se quedó solo en el comedor, sintiendo cómo un escalofrío le recorría todo el cuerpo. Se fue a su cuarto sin terminar la cena y ni siquiera se molestó en ponerse el pijama: se

metió vestido en la cama y se puso a estudiar matemáticas. Aún estaba asustado y el miedo le mantenía despierto, pero el aburrimiento era más fuerte y al cabo de poco tiempo cayó profundamente dormido. Entre sueños, sintió cómo Alicia entraba en su cuarto para quitarle el libro de matemáticas de entre las manos y apagarle la luz.

Un alarido le despertó en medio de la noche.

—¡Bruja! ¡Aléjate de mí! –era tía Teodora–. ¡Antonio, ayúdame! ¡Dile que se vaya! ¡Díselo! ¡Tu mujer quiere hacerme daño! ¡Quiere matarme!

Sobresaltado, Jorge intentó convencerse de que aquello era un mal sueño. Pero habría jurado que se oían también los sollozos de una niña...

—¡Y tú, hija de Satanás! ¡Vete con ella! ¡Vete! ¡Tú no eres mi nieta! ¡No! ¡Alejaos! ¡Ah... Antoniooo!

Y después, silencio.

Jorge, aterrorizado por los gritos pero incapaz de contener la curiosidad, saltó de la cama para entreabrir un poco la puerta y ver (¿o fue también su imaginación?) a la vieja correr escaleras abajo, perseguida por una mujer y una niña.

El entierro de tía Teodora fue al día siguiente y Jorge se negó a ir.

El fantasma de doña Ereminda

La noche era fría y muy oscura. El jardín estaba cubierto de niebla. Por encima del viento se escuchaba el chorro de agua de la fuente. De pronto, un paso. Otro paso. Alguien se acercaba. Una sombra que llevaba algo oculto entre los brazos. Un relámpago iluminó el jardín justo cuando la muchacha cavaba un agujero en la tierra negra y mojada. Después arrojaba el bulto al hoyo con lágrimas en los ojos.

El ruido de un trueno me despertó. Miré a un lado y a otro sin reconocer el olor a lavanda de las sábanas, pero pronto recordé.

Era la primera noche que pasaba en Portugal desde que dejé de ser un niño. Antes solía venir a veranear a la vieja mansión de mis tíos. Creo que la última vez tenía ocho años y no había vuelto hasta que mi hermana me pidió que

trajera a mi sobrino Alex a pasar aquí unos días. Ella tenía que trabajar, y...

Aquella primera noche tuve ese sueño. Me pareció un sueño extrañamente familiar, como si ya lo hubiera soñado, como si ya lo hubiera vivido antes.

Por la mañana, cuando entré en el comedor para desayunar, encontré a los viejos tíos con el pequeño Alex, que entre bocado y bocado de tortita, explicaba:

—Esta noche he tenido una pesadilla.

—¿Y por qué no me llamaste, cariño? —preguntó la tía.

—Mamá dice que los sueños sólo son sueños, y que no hay que llorar porque no puede pasarte nada malo. ¿Verdad que dice eso, tío Luis?

—Sí, es verdad —le aseguré—. Pero, ¿qué has soñado? —pregunté con curiosidad, sentándome junto a él.

Doña Mariquiñas, la anciana ama de llaves, puso delante de mí un plato de tortitas y una taza de café.

—Pues que era de noche y hacía frío, y había una señora en el jardín que hacía un agujero en el suelo. Llevaba una cosa tapada y la escondía en el agujero.

Un escalofrío me recorrió el cuerpo. ¿Cómo es posible que Alex y yo compartiéramos el mismo sueño?

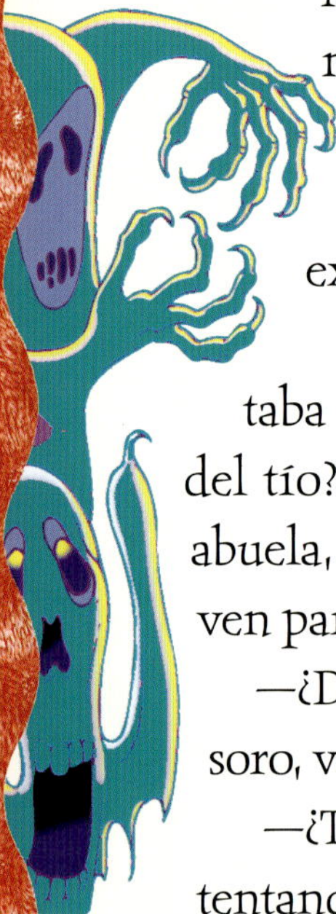

—Nossa Senhora, ¡Dona Ereminda! –exclamó la vieja criada, santiguándose mientras salía del comedor.

—¿Qué ha dicho? –preguntó Alex extrañado.

Doña Ereminda... el nombre me resultaba muy familiar. ¿No era una antepasada del tío? Sí... Creo que era... la hermana de su abuela, eso. Una chica que dejó la casa muy joven para entrar en un convento.

—¿Doña Ereminda es aquella mujer del tesoro, verdad? –pregunté mirando a los tíos.

—¿Todavía te acuerdas, Luis? –rió mi tía, intentando distraer la atención de mi tío que, sin embargo, parecía repentinamente malhumorado–. La última vez que estuviste aquí tuvimos que contarte su historia... La de cómo discutió con su padre y él la envió al convento... Y tú te empeñaste en levantar medio jardín buscando el tesoro que creías que ella había escondido.

—No es ningún tesoro —intervino Alex con la mirada perdida, hablando casi como para sus adentros.

—Claro que no hay ningún tesoro —dije gritando—. Son tonterías de niños, así que no quiero oír hablar más del tema. Ereminda murió hace muchos años, pobre chica. Dejemos a los muertos en paz.

Después de la conversación del desayuno no ocurrió nada extraño hasta la noche. Estaba en mi cuarto, leyendo una novela policíaca, cuando empecé a escuchar voces llenas de odio que parecían llegar del final del pasillo. Afiné el oído sin moverme: un hombre mayor y una muchacha discutían en portugués.

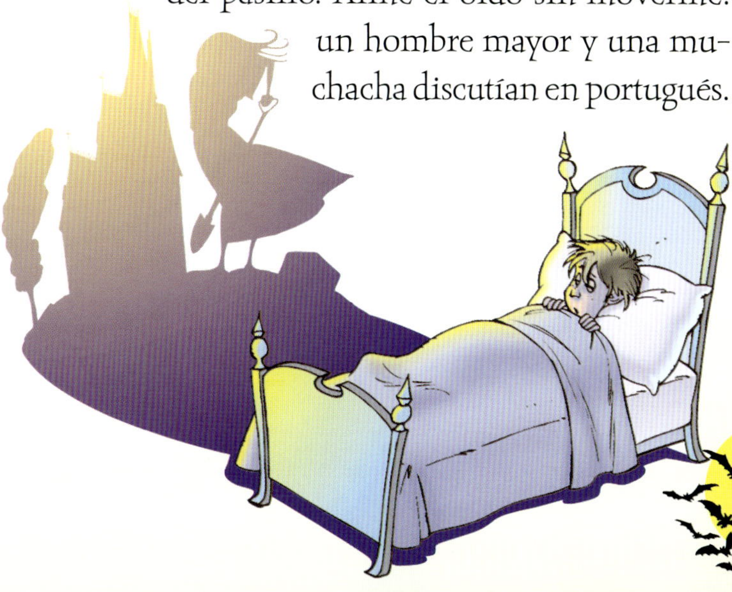

Recuerdo claramente mi pensamiento: ésos son Ereminda y su padre peleándose y yo debo de haberme dormido.

Sentí unos pasos que se acercaban. De pronto, la puerta de mi cuarto se abrió y entró una joven que llevaba algo en su regazo. Se arrodilló junto al tocador, metió el bulto en una caja metálica, lo envolvió en el chal negro que llevaba puesto y salió a toda prisa. «Sigo soñando», pensé. Me di la vuelta y me propuse cambiar de sueño, pero la imagen de Ereminda me perseguía, saliendo de la casa por la cocina, llevando la caja en sus brazos, corriendo hasta la fuente, cavando en la tierra negra...

Me desperté sudoroso, con el corazón desbocado. Escuchaba los golpes de la puerta de la cocina que da al jardín, mal cerrada. Y en la lejanía, el llanto de un niño.

¡Alex!

Me levanté y corrí al cuarto de mi sobrino. No estaba. Salí de la habitación, bajé a saltos la escalera y entré en la cocina. Hacía un frío como de otro mundo. Crucé la puerta abierta y corrí por el sendero que lleva a la fuente. En pijama, manchado de tierra, Alex cavaba con sus manos como un loco, pero no lloraba. Cuando intenté detenerlo ya tenía aferrada una arquita de metal. Se la arrebaté de las manos para forzar el oxidado cierre y justo cuando cedió la cerradura empezó a llover. Las primeras gotas acariciaron el diminuto esqueleto que había en el interior.

—Te llamas Alejandro, como yo –dijo mi sobrino rozando los huesos con sus deditos–. No te preocupes. Te llevaremos con ella para que descanséis juntos.

—Sí. Por fin podréis descansar –dije, sin saber de dónde salían mis palabras–. Alex y yo os ayudaremos.

Volvimos a casa con la cajita seguros de que por la mañana visitaríamos el cementerio familiar.

N-o s-o-y h-u-m-a-n-o

Y me juró que se le había aparecido el espíritu de su padre, que murió cuando ella era muy pequeña.

—¿Y qué le contó? ¿Le dijo algo? —preguntó Manuel, escuchando embelesado la historia de Ana.

—No lo sé. Ya sabes que mi tía es muy reservada. Dice que los mensajes de los espíritus son personales, y que tendré que contactar yo misma con ellos. Pero me ha confesado que está segura de que en otra vida yo fui Cleopatra.

Todo el mundo en el colegio sabía que Ana estaba loca. Parecía una especie de hada, una niña salida de otro mundo. Rubia, delgada, muy delicada, con una eterna sonrisa misteriosa en los labios. Estaba más allá de las preocupaciones de este mundo, como jugar con los otros niños, o hacer los deberes o conseguir que su madre la dejara salir por las tardes. Manuel no tenía muy claro qué le atraía tanto de ella...

Ciertamente era rara, pero también misteriosa y llena de magia. Y a Manuel le encantaba la magia. Cuando era pequeño solía soñar con dragones buenos y unicornios. Pero ahora que tenía diez años, y ya era casi un hombre, no podía hablar con los chicos del colegio

sobre su mundo de fantasía. Sólo con Ana. Con ella, el mundo parecía una película de Spielberg.

—Pues me encantaría saber si de verdad fuiste Cleopatra —deseó Manuel en voz alta, dispuesto a soñar de nuevo—. A lo mejor yo era un sacerdote del dios del sol, y resulta que ya nos conocíamos.

—Si de verdad quieres, hay una forma de averiguarlo —dijo Ana—. Ahora mismo, y aquí, en tu propia casa.

—¿Ah, sí? ¡Vamos, dime cómo! ¡Quiero saberlo!

—Pero debemos tomárnoslo muy en serio. Y prepararlo todo muy bien. Mi tía dice que si sigues el ritual al pie de la letra, no hay ningún peligro –Ana hizo una pausa–. ¿Has oído hablar de la ouija?

—No, ¿qué es eso?

—Una forma de contactar con los espíritus. Con los fantasmas, ya sabes. Ellos pueden hablarnos a través de la ouija para revelarnos el pasado y el futuro.

A Manuel le daban un poco de miedo los espíritus, pero la curiosidad era mayor. Tomaron una car-

tulina, un rotulador y un vaso, y se encerraron en su cuarto.

Siguiendo instrucciones de Ana, Manuel encendió las cinco velas que su madre guardaba para utilizar durante los apagones y puso un CD de música *new age*. Mientras, ella escribió el abecedario en la cartulina, y pintó un gran símbolo del yin y el yang, un sol y una luna. Después se sentaron uno frente al otro, con la cartulina entre ambos y el vaso boca abajo sobre el símbolo del yin y el yang, sólo iluminados por las velas.

—Ahora tenemos que darnos las manos y cerrar los ojos. Debemos imaginar un lugar oscuro con una puerta cerrada. Llamamos y alguien nos abre. Entonces entramos y vemos una luz. Concéntrate mucho.

Lo hicieron. Tras unos segundos, separaron las manos y cada uno puso un dedo sobre el vaso.

—¿Hay alguien ahí? —preguntó Ana.

Despacio, muy despacio, el vaso se movió hacia el sol, donde estaba escrita la palabra «sí».

N-o s-o-y h-u-m-a-n-o

—¿Quién eres?

M-E-J-O-R Q-U-E N-O L-O S-E-P-A-S,

fue deletreando el vaso sobre las letras de la cartulina. Manuel sintió un escalofrío.

—¿Nos conoces?

B-U-S-C-O A M-A-N-U-E-L. A-N-A N-O M-E I-N-T-E-R-E-S-A.

—¿Puedes decirnos si eres un espíritu bueno o malo?

N-O S-O-Y B-U-E-N-O. N-O S-O-Y M-A-L-O. (Pausa). N-O S-O-Y H-U-M-A-N-O.

—¿Pero puedes darnos alguna señal de que estás aquí? –continuó Ana. Manuel notó, perturbado, lo confuso de la respuesta. Pero la perturbación se convirtió en pavor cuando las velas se apagaron de golpe.

Manuel se levantó corriendo y encendió una luz.

—Ana, no tiene gracia. Tengo miedo.

—Chsss, calla y vuelve aquí –Manuel obedeció y volvió a poner el dedo sobre el vaso–. ¿Hay alguien contigo?

«S-Í. M-A-R-I-B-E-L», escribió el vaso.

—¿Qué Maribel? –Manuel sintió otro escalofrío.

T-U M-A-D-R-E Q-U-I-E-R-E D-E-S-P-E-D-I-R-S-E.

—¡Eso no es verdad! –gritó Manuel soltando el vaso–. Mi madre está trabajando y llegará a casa dentro de un rato. ¡Estás mintiendo! ¡Mentiroso, asqueroso!

Y se puso a llorar. El teléfono interrumpió sus débiles sollozos. Ana posó la mano sobre el hombro de su amigo y fue a descolgar.

—¿Sí?... No, soy Ana... Sí, estoy con Manuel; estamos solos, sí... –cambió su tono de voz–. ¡Oh, no...! Sí, esperaremos aquí, claro –la niña colgó el teléfono y miró a su amigo espantada –. Era tu padre. Es que... Es que tu madre ha tenido un accidente. Tu padre dice que está muy grave, pero... –se le atragantaban las palabras– ... pero está viva, Manu. ¡Está viva!

Manuel escuchaba a su amiga como desde otro mundo. Aún tenía el dedo en el vaso. Y se movía.

H-A-S-T-A P-R-O-N-T-O, M-A-N-U-E-L.

Los más (famosos) malos de la historia

Mi amigo Blas y el buen doctor

Esta mañana, el ama de llaves de mi tío me ha obligado a lavarme la boca con detergente por decir la tira de palabrotas.

Menuda tiparraca rancia y antigua.

Le dije:

—¿No sabes que ahora todos los niños decimos palabrotas?

—Usted no es un niño, es una niña, señorita Úrsula –me contestó la tonta–. Por favor, vaya a su cuarto de baño, que ahora mismo subo con el jabón de lavar la vajilla.

Naturalmente ella no habla así. Ella dice «señogita Úgsula», porque es alemana y también es la más pelmaza del mundo. Bueno, aunque ella no sabe hablar como los demás, yo voy a escribirlo como se habla de verdad, porque si

no va a ser una lata tener que usar todo el rato la «g» y todas esas cosas.

Después de comer (ha sido espantoso, todo me sabía a detergente) la he visto buscando como una loca a su gato. No lo ha encontrado, y eso que ha estado horas y horas llamándolo.

—Kim-Shu, Kim-Shuuuu... Gatito maaalo, haz caso a tu mamaíiita y ven ahora mismo.

El gato no ha aparecido. Por una parte da penita, porque el animal es precioso, pero por otra prefiero que no aparezca nunca jamás. ¡Tiene un carácter...! Bueno, de lo más parecido a su ama. Antipático y odioso, eso es. En cuanto te acercas te larga un bufido y un arañazo. Pero es una lata estar oyendo toda la tarde los gritos de la «Rottenmeier» alemana llamándole. Espero que pronto se quede afónica perdida y no recupere la voz en un montón de tiempo.

Quiero explicar aquí que a mí los alemanes me caen muy bien, no se vaya a creer la gente que les tengo manía, o algo por el estilo. De eso nada. También mi tío, en cuya casa vivo, es alemán, además de ser un doctor maravilloso y buenísimo, como persona, claro. Como doctor no sé muy bien de qué se ocupa, aunque me parece que se dedica a investigar cosas.

Tiene un laboratorio en una parte separada de la casa, al que se llega sólo por un pasadizo todo de cristal que pasa por encima del jardín. Se tira allí horas y horas, así que no lo veo mucho.

La verdad es que eso tiene también sus ventajas. Por ejemplo, el otro día vino una profesora de mi cole a contarle que yo era una alumna verdaderamente espantosa, rebelde y todo eso... Bueno, lo cierto es que la pobre tiene razón. No estudio, no hago caso de lo que me mandan, hablo en clase todo lo que quiero y además digo palabrotas, pero es que me aburro un montón.

Después de hablar con ella, mi tío me llamó para darme una charla:

—Úrsula, la señorita me ha contado que no te portas bien en el colegio. Ahora tengo que subir al laboratorio a trabajar, pero cuando baje hablaremos tú y yo de esto. A propósito, ¿estás bien?, ¿comes lo suficiente?, ¿no te sientes mal tú sola en esta casa tan grande?

Vamos, que entre pitos y flautas se le fue el santo al cielo y por supuesto luego se olvidó de que tenía que hablarme de mi mal comportamiento en el colegio.

¿A que es encantador?

Siempre que me ve, se preocupa por lo mismo: el estado de mi apetito y el de mi ánimo. Además, él sí que habla como todo el mundo, a pesar de ser alemán (y no como el ama de llaves). Pero aunque es un tipo majo no he querido decirle la verdad y contarle que lo paso bomba en esta casa tan grande, porque entonces igual tendría que contarle mi secreto.

Y es que nadie sabe que aquí no me aburro porque tengo un amigo con el que hablo muchísimo al volver del colegio. Me parece que debe de trabajar en el laboratorio con mi tío, porque el primer día que le vi estaba cruzando por el pasadizo de cristal. Al principio de conocerlo me dio un poco de penita, porque el pobre es más feo que el mismísimo Freddy Kruger.

Mi amigo Blas y el buen doctor

Tiene el tamaño del pivot de un equipo de baloncesto y los brazos más largos que un orangután. Además ha debido de tener un accidente gravísimo, porque está lleno de cicatrices. Como si le hubieran cosido la parte donde nace el pelo un poquito por encima de las cejas, y las manos a los brazos por la zona de las muñecas. No sé bien cómo explicarlo, pero es algo así. Pobre, ¿no? Pero es un encanto total. Le llevo de la mano a un rincón del jardín y le dejo sentadito en un banco tomando el sol para ver si toma un poquito de color y se le quita esa cara de desenterrado que tiene. No habla mucho, pero le encanta que yo le cuente mis cosas. Por ejemplo, el día que vino ese espanto de profesora a chivatear sobre mi mal comportamiento en el cole.

—Fíjate, Blas (le llamo así porque nunca me ha dicho su nombre y ese parece que le gusta), la repelente de la señorita Gloria está empeñada en que el tío me castigue. No sé si le ha dicho que me encierre, o algo así. Total, si lo único que hago es hablar en la clase y no estudiarme las lecciones. Antes de venir me amenazó con recomendar al tío que lo que debía hacer era meterme en un internado para niñas díscolas. No sé exactamente que quiere decir esa palabreja, pero ya me imagino que debe de ser algo horrible, ¿no te parece? Y yo no quiero irme de aquí, Blas. Fíjate, si me mandan a ese internado, ¿quién se iba a quedar aquí, charlando contigo?

—Hummm, glaj, psssst, ejummm.

Blas no sabe hablar nuestro idioma, pero a mí me entiende todo. Como cuando ayer por la tarde le conté que el tonto del gato Kim-Shu me había arañado los brazos. También se lo tomó con muchísimo interés.

—Pluggg, flasjj, pjemmmm, buufff, aghummm.

Esta vez me pareció que yo casi entendía lo que Blas me estaba diciendo.

—Tienes razón, no volverá a arañarme –le contesté. (¡Hay que ver cómo nos compenetramos! Y ahora que lo pienso, me parece que tampoco la señorita Gloria va a poder convencer a nadie para que me metan en un internado porque desde el otro día que vino a hablar con el tío, no se la ha vuelto a ver.)

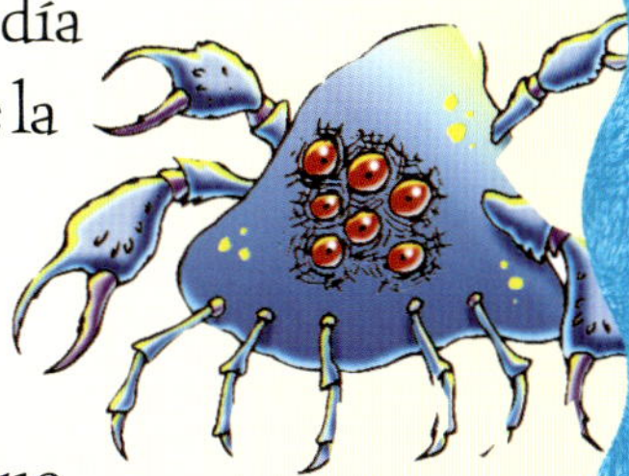

—Te voy a contar otra cosa horrible, Blas –le he dicho esta misma tarde–. ¿Sabes lo que ha hecho la marimandona del ama de llaves esta mañana? ¡Me ha obligado a lavarme la boca con detergente! ¡Fíjate! ¡Y sólo por decir palabrotas! ¡No hay derecho! ... ¿Tú crees que podremos arreglar eso para que no vuelva a ocurrir?

—Bejiiiimmmm. struibdddd. otosdddd. niunnnca.

—¡Eres fantástico, Blas! Y ahora ven, dame la mano, que voy a acompañarte hasta el pasadizo, no sea que te empiece a echar de menos el Doctor Frankenstein.

La madrastra

—¿Por qué tengo que llamarla mamá?, no lo entiendo.

—Porque ahora ella es tu madre, Adela. Nos hemos casado y Lucrecia será quien se ocupe de ti como una verdadera mamá.

—¡Pero si ni siquiera he ido a la boda!

—Ya te he contado que todo fue muy repentino... y Buenos Aires está muy lejos para ir hasta allí.

—Pues os podíais haber esperado a venir a Madrid.

—Pero si ya sabes que yo tenía mucho trabajo y debía quedarme allí dos o tres meses por lo menos.

—¡Claro! Y ella era mucho más importante que yo.

—No digas eso. ¡Tú eres mi hija!

—¿Y qué? Te has casado con ella ¿no? Y a mí ni siquiera me llamaste por teléfono para decírmelo. ¡Ni siquiera eso, papá! ¡Como si te importara menos que un pimiento lo que yo pensara!

—Vamos a dejar esta discusión de una vez, Adela. Desde ahora llamarás mamá a Lucrecia.

—¡Pues no quiero! Mi mamá está muerta. Y Lucrecia es mi madrastra. Además, no me gusta ni una pizca. Cuando me mira le hacen cosas raras los ojos. Se le ponen rojos y le dan vueltas como a un molinillo de papel.

—¡Basta de tonterías, Adela! No quiero oír ni una palabra más sobre esta cuestión.

Y papá dió media vuelta y la dejó plantada en medio del cuarto de juegos.

—¡Me da lo mismo lo que digas! ¡No pienso llamarla mamá en mi vida! –gritó Adela a la puerta cerrada por donde había desaparecido su padre–. ¡Es una mujer rarísima y repelente! Además

de que es una cursi creída que se pasa la vida mirándose en el espejo.

Adela era preciosa. Una niña bellísima de diez años, de pelo muy negro y grandes ojos azules, y la tez pálida como de terciopelo, a quien nadie hacía mucho caso desde que su padre se había casado con esa espectacular mujer... que era muy guapa, sí, pero también una déspota.

Claro que ella no se iba a dejar dominar. Tenía su carácter ¿vale? y no era precisamente el de una princesita de cuento, así que no iba a aguantar memeces ni órdenes injustas. Después de pegar unas cuantas patadas a los muebles y lanzar varios gritos y gruñidos se sintió mucho mejor. Entonces se sentó en el suelo al lado de un oso de peluche gigantesco con el que mantenía a menudo largas conversaciones.

—¡Ay, Mateo, hijo mío! Los padres están para que los encierren, te lo digo yo. El mío se cree que yo soy tonta, pero a las niñas de mi edad ya no nos engañan. La tipa esa, Lucrecia, lo ha cazado por su dinero. Estoy de lo más segura. Y a mí no puede ni verme. Papá no quiere escucharme, pero te prometo que esta mañana he pasado por su cuarto y la he oído hablando sola. Me he asomado, porque al principio creí que papá estaba con ella ¿y, sabes una cosa? ¡Estaba de cháchara con su espejo! Mateo, hijo, me parece que me da un poco de miedo esa señora. Y es verdad eso que le he dicho a papá de los ojos: le dan vueltas y le salen chispas rojas. Y su voz... me da repelús. Por dentro tiene pinchos. A veces, si la miro con el rabillo del ojo, veo cómo cambia. Se vuelve alta y flaca, con los labios rojo oscuro y las uñas larguísimas. Y hay otra cosa que sólo te puedo decir a ti, porque como se lo cuente a papá me mete en un manicomio. Verás: el otro día, en la terraza, la vi bailando una cosa rara. Movía los brazos como si fueran serpientes y cantaba por lo bajini. Sonaba como la picadora de hielo. Pero lo peor es que, aunque estaba al sol, no te lo pierdas, aunque estaba al sol, ¡no se le veía la sombra!

Papá se ha ido de viaje. Va a estar varios meses fuera y ha dejado a su mujer para que cuide de la niña. Eso sí, con

todo el servicio. Ya se sabe que en las casas de la gente bien hace falta tener mucho servicio. Adela se ha encerrado con el oso Mateo en el cuarto de juegos para preparar juntos tácticas de supervivencia. Está absolutamente convencida de que Lucrecia va a intentar deshacerse de ella en cuanto la pille descuidada.

Nada más volver del aeropuerto, donde ha ido a despedir a papá, la siniestra madrastra ha dado unos días libres al chófer y al resto del servicio, así que Adela no necesita más pistas para saber que, si no pone inmediatamente en marcha su plan, puede que le queden pocas horas de estar entre los vivos.

Al caer la noche, en la casa vacía, se oyeron unos pasos suaves y deslizantes, acompañados de otros fuertes y pesados: un par de botas de hombre tras unos zapatos de fino tacón que se dirigían al cuarto de juegos de Adela. La puerta se abrió de golpe y una luz verdosa iluminó la habitación.

—Tú, busca a la niña, cógela y llévatela al monte —dijo la muy bruja—. Ya sabes: acaba allí con ella; y no se te olvide traerme su corazón como recuerdo. ¡Vamos, búscala! ¡Búscala! ¡Yo tengo que ser la más bella de las mujeres!

A través de los ojos de cristal de su oso panda, Adela, escondida dentro del peluche, vio cómo la madrastra de Blancanieves, loca de rabia al no encontrarla, se convertía en una bruja vieja y horrible a la que un vendaval repentino se llevaba volando por la ventana.

Jugando a Parque Jurásico

Juan y Jana eran gemelos idénticos. Tan idénticos que ni su propia madre los sabía distinguir de no ser a la hora del baño. Entonces sí que no se equivocaba. Cuando no llevaban la ropa puesta era fácil de saber, porque en la bañera no podían dedicarse a confundir a la familia cambiándose la ropa y trasquilándose el pelo a tijeretazos. Las cosas son como son y todavía no ha nacido alguien tan inteligente como para poder cambiar una niña por un niño cuando ninguno de ellos tiene cubiertas sus señas de identidad.

Habían cumplido diez años y ya desde los cuatro mamá había decidido que le importaba un pito la confusión de la gente cuando trataba de saber quién era quién. Así que los dos llevaban el mismo pelo, los mismos atuendos e idénticos zapatos.

Nada les distinguía todavía. Ni los gestos, ni la voz, ni la inteligencia, ni los gustos.

Y su gusto en estos momentos eran los ordenadores y ese nuevo invento maravilloso que se llamaba «la máquina de la Realidad Virtual». Desde luego, ellos eran demasiado jóvenes para usar una cosa tan complicada y tan caríiisima como la R.V., pero –¡oh, cielos!– papá tenía una habitación entera preparada para tan fantástico y mágico juego y con elementos suficientes para que participaran cuatro personas.

Y dentro de las cabecitas gemelas de diez años había inteligencia suficiente como para inventar la bomba de neutrones. Ellos solitos y sin pilas.

Papá y mamá trabajaban un montón de horas y solían llegar bastante tarde a casa, así que cuando Juan y Jana volvían del colegio, se quitaban el uniforme que los distinguía –claro, ella llevaba falda y él pantalón–, se ponían sus ropas idénticas y uno de ellos iba y venía de cada una de las habitaciones, y se sentaba haciéndose el concentrado delante de cualquier libro de estudio.

La tata daba de merendar al que le tocaba hacer el doble papel y, cuando le dejaba estudiando tranquilito (creyendo, la pobre, que había visto a los dos) y se iba a ver la tele a su dormitorio, el gemelo de turno corría hacia el cuarto de la Realidad Virtual donde todo estaba preparado para comenzar a jugar sin perder ni un segundo.

—Hoy te toca a ti ser Ian Malcolm. Yo voy a ser John Hammond, ¿vale? Ya está todo listo. ¡Estamos en el parque, en las instalaciones de InGen!

Los dos se pusieron las gafas y el guante, y en ese momento dejaron de estar en su casa para aparecer en el gran laboratorio del Parque Jurásico, donde más de una docena de personas, con batas blancas como de médicos, trabajaba con el mismo orden y entusiasmo que las abejas en una colmena. Juan veía a Jana como un hombre alto y delgado, vestido de negro y con gesto preocupado, mientras Jana veía a Juan como un abuelito de aspecto más bien encantador, con barba y pelo blancos y una sonrisa de lo más agradable.

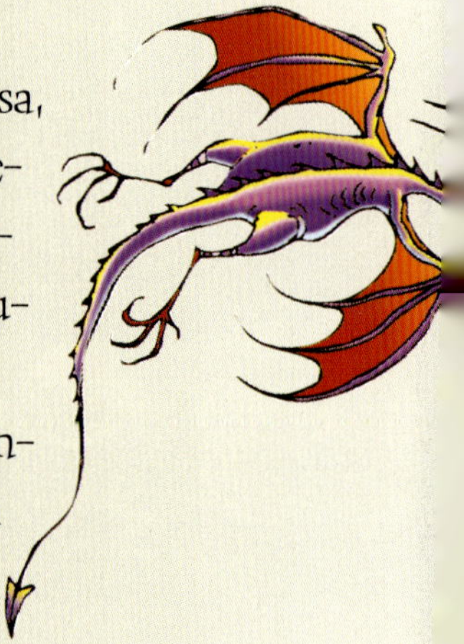

—No se le ocurra hacer semejante cosa, Hammond. No se pueden mezclar los genes de especies que ni siquiera conocemos bien. No se le olvide que hay lagunas en su cadena de ADN.

—Mi querido doctor Malcolm, siempre tan pesimista. Recuerde que ya hemos llenado esas lagunas con genes de rana. No pasará nada.

Simplemente pretendo conseguir que el Rex tenga un carácter un poco más dulce. Vamos; quitarle su agresividad natural.

—Tiene en su empresa a los mejores científicos del mundo. Dos premios Nobel en ingeniería genética, veterinarios enormemente cualificados, un montón de biólogos especializados en zoología… ¡Y los va a utilizar usted para conseguir que un monstruo se transforme en una mascota! Le recuerdo que hoy en día las casas suelen ser bastante pequeñas. ¿O es que también le va a quitar volumen al Tiranosaurio?

—Nada de eso, Ian, querido amigo. No pretendo convertirlo en un juguetito casero. Sólo quiero que se puedan exportar sin peligro a cualquier zoológico del mundo. Y que todas las personas puedan ir a ver a nuestros más antiguos compañeros en el planeta.

—¿Compañeros? ¿Así que lo que usted pretende es manipularlos a todos? ¡Cielo santo, Hammond! Está usted más loco que una cebra en un aeropuerto.

—¡Oh, no! A todos, no. Los herbívoros tienen un carácter suficientemente plácido y dulce. Y eso es lo que pretendo que tengan los demás: buen carácter. Un carácter amigable, sociable.

—Desde luego; todo el mundo sabe que los dinosaurios herbívoros debían ser tan mansos como una vaca frisona. ¡Pero también son enormes! Esté seguro de que si existe la menor posibilidad de que algo se tuerza, seguro que se torcerá. Sería fantástico ver a los «compis», «trices», «raptores» y demás parentela, con el tamaño de la torre Eiffel y el carácter de Tiburón. Sólo de pensarlo se me ponen los pelos de punta.

—No tenga miedo, mi querido doctor Malcolm. Todo está controlado y nada de eso puede suceder. Usted ya ha visto estos últimos días con qué cuidado se está tratando el delicado material genético. No hay posibilidad humana de que nada salga mal.

—Hammond, nada es imposible si se juega con la Naturaleza. Nada, ¿me oye?

En el interior del laboratorio se escuchan gritos y bramidos que vienen de fuera. Haciendo uso de su guante, Juan y Jana se trasladan al exterior. Con ojos de espanto ven al velociraptor que han estado manipulando genéticamente a través de la Realidad Virtual persiguiendo a un grupo de encargados del Parque. Lleva la misma velocidad que desarrollaba en la película de «Parque Jurásico», pero su tamaño es diez veces mayor. Los gemelos, asustados, se quitan en un santiamén los guantes y las gafas. ¡Puf! Ya están en el cuarto de R.V. de papá. Ya pueden estar tranquilos...

Aunque se les hiela la sangre al ver que una de las paredes de la habitación comienza a resquebrajarse como si chocara contra ella un tren de alta velocidad.

La cosa

Tenía absolutamente prohibido acercarse al jardín de la casa del francés. Tampoco le dejaban meterse el dedo en la nariz y maldito el caso que les hacía. No le gustaba vivir con sus tías y no le importaba un pito lo que dijeran. ¡A ver si se cansaban de él y le mandaban interno a un colegio, o al asilo de los pobres! Para él cualquier cosa era mejor que vivir con esas dos cacatúas, tan viejas y resecas que estaba seguro de que se las comerían las polillas en cualquier momento, y como las polillas se comían todo, lo mismo la emprendían con él y le dejaban en los huesos.

Trepó por las verjas y de un salto se encaramó a un árbol al que ya había echado el ojo para llegar hasta el tejado de una pequeña construcción, dentro del jardín prohibido. La madera estaba seca y amarilla, y las hojas daban un poco de dentera de lo ásperas que

eran. Se sentó en cuclillas sobre una de las ramas e intentó divisar entre las sombras del anochecer hacia donde caía la casa grande. Esa que, según los paletos de aquel pueblucho, estaba abarrotada de demonios y demás cosas espeluznantes. ¡Ja! le podía dar un ataque y morirse de la risa allí mismo, en la rama del árbol, sólo de pensar en las idioteces que se creía la gente.

Fue al descolgarse del árbol y saltar hacia el tejadillo cuando se encontró en la mano un racimo de frutos verdosos, del tamaño de ciruelas muy suaves al tacto. El jugo que llenó su mano al arrancarlas era de lo más apetecible que había olido en su vida en cuestión de frutas. Se las comió sin pelar ni nada, dejando que el zumo le resbalara por la barbilla y pringándose como un cochino todo el jersey. Disfrutando a tope.

—¿Quién te ha dado permiso para comer de los frutos de mi árbol, criatura insensata?

A Rodrigo no se le movió ni un pelo al escuchar esa voz hueca y retumbante a la vez.

—¡Anda ya, pedazo de huevo podrido! ¿A quién te crees que vas a asustar?

—No oses hablarme así, ¡gusano!

La última palabra de la frase sonó como si hubieran subido el *sourround* al máximo.

—Mira, bicho; o te vas al médico a que te miren la garganta o te vas a quedar mudo.

—¡Devuélveme los frutos de mi árbol o lo lamentarás, desdichado!

Rodrigo tenía un estómago a prueba de bombas, jamás le había sentado mal ninguna comida aunque hubiera abusado de ella, pero en ese momento una gigantesca arcada sacudió su cuerpo y un chorro de jugo y pulpa a medio digerir salió disparado de su boca tejadillo abajo.

—¿Qué es lo que me has echado encima, miserable?

Otra vez el *sourround* a todo lo que da. Y sin saber si la culpa era del ruido de la voz que venía de la oscuridad de abajo o del impulso de la misma arcada, el caso es que Rodrigo fue a dar con sus huesos en el suelo y con sus ojos ante el más espantoso ser que pueda pensar imaginación humana. Digamos que parecía estar hecho de una mezcla de salchicha gigante y flan de coco, con unos ojos como platos soperos, una boca con muchos más dientes de lo necesario y dos agujeros donde debía estar la nariz, de los que brotaba un resplandor tenue y verdoso. Todo esto medio envuelto en unos pingajos que dejaban ver unos brazos largos y delgados como cables y unas piernas grandes y llenas de pies. Eso era lo que más se veía: los pies. Grandes como el estuche de un violoncelo. Lo más de lo más en cuestión de maquillaje y efectos especiales.

—¡Puaf! –dijo Rodrigo–. Eres lo más horroroso que he visto en mi vida.

—¡Puaf! –repitió la cosa como si fuera un loro–. ¿Qué es esta sopa maloliente que me has echado encima?

—Tú que me has hecho vomitar.

—Los otros que se han atrevido a entrar en este jardín no vomitaban. Se les ponía el pelo blanco y perdían la cabeza. Creo que tardaban años en recuperarse... Pero a ti el miedo sólo te ha hecho vomitar. Debes de tener unos nervios de acero.

—¡Anda y no me cuentes trolas! Tú me has dicho que te devolviera tus frutas y yo te las he devuelto. ¿O no?

—Oye, ¿ por qué has dicho que soy lo más horroroso que has visto? ¿Acaso has visto muchos horrores en tu corta vida, soberbio renacuajo?

—Tengo once años, para que te enteres, bicho horrible. No soy ningún renacuajo. Y he visto cosas que te harían retorcerte del susto. Pero lo que sí se te da de miedo es lo de los efectos sonoros. Esos sí que están conseguidos de verdad. ¿Cómo lo haces?

—Míralo por ti mismo. Mete tu dedito aquí, entre estas dos costillas –dijo la cosa.

Rodrigo llevó la mano con el dedo estirado hacia donde le señalaba y vio, alucinado, que su mano se perdía entre los trapos sucios y la carne viscosa de la criatura.

En ese momento sus nervios de acero lo dejaron en la estacada. Pero el caso...

El caso es que consiguió salir de casa de sus tías. El sitio donde vive ahora se llama «Doctor Silvestre. Institución para Enfermedades Nerviosas».

(Peligrosos) Invasores del espacio

La invasión tekee

Sé que soy culpable. En el fondo, lo sé, pero... supongo que aún no estoy preparado para sentirme mal por todo eso. Para arrepentirme, vaya.

Al fin y al cabo, los que lo hicieron todo fueron esos malditos alienígenas, esos bichos asquerosos que se creen con el derecho de juzgar a todo el mundo. ¡Que carguen ellos con la responsabilidad, que yo aún soy muy joven!

Todo empezó hará unos cinco años. Los humanos enviamos una nave tripulada a Io, uno de los satélites de Júpiter. Y, quién lo iba a decir, encontramos vida allí: unos animalitos peludos y muy graciosos que vivían escondidos entre las rocas, durmiendo casi todo el día. Los astronautas cogieron algunos ejemplares y los tra-

jeron a la Tierra para hacerles pruebas. Nada del otro mundo, sólo meterlos en laboratorios para pincharles, y cortarles algunos trozos, y ponerles inyecciones... Ese tipo de cosas que hacen los científicos.

Y así, sin más, llegaron los tekees, los otros extraterrestres, los verdaderamente avanzados. Vinieron un mogollón de naves que se situaron alrededor de la Tierra y no nos dejaron volver a salir.

Aquí todos estábamos convencidos de que planeaban invadir y dominar nuestro planeta, así que el Gran Gobierno ideó un plan para acabar con todos. El primer misil que lanzaron ni les rozó. Ni tampoco el segundo, ni el tercero..., pero empezó la guerra. En realidad, nosotros atacábamos pero ellos nunca nos bombardearon.

Yo tenía ocho años y, como todos mis compañeros, estaba deseando hacerme mayor para poder ser un soldado. ¡Iba a liberar la Tierra de los alienígenas! Era un destino maravilloso, mucho más que el de Alejandro Magno o Julio César o Napoleón. Yo sería el general más famoso de la Historia, porque iba a salvar a la Humanidad, y sería el hombre más valeroso del mundo.

En el colegio la asignatura más importante era historia militar, en los recreos jugábamos a extraterrestres y terrícolas, y hasta me apunté en una academia para aprender a pilotar naves espaciales (el Gran Gobierno quería que hasta los niños estuviéramos preparados).

Pasaron dos años sin ningún avance en la guerra hasta que, de pronto, ellos aprendieron a comunicarse con los humanos. Parece que, durante todo ese tiempo, habían estado trabajando en un traductor mental. El caso es que dos años después de su asedio enviaron a la superficie a un representante que nos explicó que los bichitos peludos del satélite de Júpiter eran, en reali-

dad, una raza semiinteligente, y que, al traerlos a la Tierra para estudiarlos, habíamos cometido un crimen horrible contra su dignidad, según las leyes galácticas.

Tanto los bichos dormilones como nosotros los humanos éramos sendos experimentos de los tekees y ahora tenían que decidir qué castigo merecía nuestra actuación.

El Gran Gobierno, en respuesta, quiso enviar un diplomático que negociara con los extraterrestres. Un embajador de la Tierra. ¿Y sabéis a quién eligieron? A mi padre, diplomático de sexta generación. Su misión era convencerles de que queríamos la paz, que no conocíamos las leyes galácticas y que merecíamos una oportunidad para integrarnos en su sociedad. Y así, papá partió hacia la nave nodriza tekee, dejándome solo en casa con mamá y mi hermana pequeña, Sandra.

La invasión tekee

Cualquier otro niño se habría sentido orgulloso de que su padre fuera tan importante. Yo estaba furioso.

¡Mi propio padre iba a arruinar mi futuro! Si él tenía éxito en su misión, yo nunca sería el general más famoso del mundo, no ganaría batallas espaciales ni podría salvar a la Tierra. La Historia ya no hablaría de mí.

Siempre me han dicho que soy muy cabezota... y es cierto. No me rindo fácilmente.

Así que me inventé el plan perfecto. Tenía que hacer creer a los jefes de mi padre que los tekees nos estaban engañando, que la misión diplomática era una estratagema para conseguir nuestros secretos militares y que después querrían invadirnos y esclavizarnos a todos. Y claro, si los alienígenas raptaban a mi madre y a Sandra para chantajear a papá... (yo iba a escapar milagrosamente) el Gran Gobierno caería en la trampa.

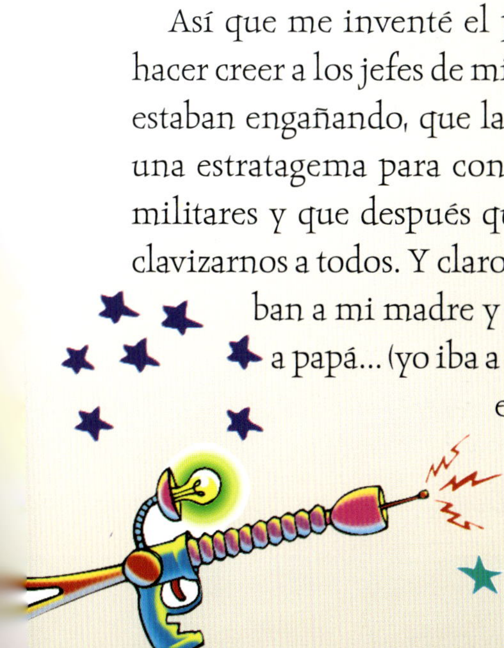

Eché toda la caja de pastillas para

dormir de mi padre en la sopa. Casualmente yo dije que me dolía el estómago y no pude comer. Mamá y mi hermana cayeron enseguida. Me daba un poco de palo matarlas, así que las encerré en el cuarto de calderas del sótano, que habíamos transformado en un refugio por si los tekees contraatacaban en la guerra, y que parecía, más que nada, una enorme y surtida despensa.

Llorando desconsolado, acudí a las autoridades para contarles cómo había visto (desde mi escondite en un armario) a los tekees raptar a mi familia y creyeron justo lo que yo había pensado: se anuló la misión diplomática, encerraron a su enviado y volvieron a lanzar misiles.

Papá nunca regresó; supongo que esos bichos asquerosos se lo quedaron para meterlo en un zoo galáctico. La guerra fue muy corta: los tekees tardaron menos de una semana en liquidar los puestos de mando terrestre y anularon absolutamente todos nuestros artefactos bélicos. Después bajaron... y simplemente nos dominaron. ¡Sólo espero que tengan paciencia y no decidan que somos un experimento fallido! Porque siempre pueden lanzar una bomba horrible, y hacer borrón y cuenta nueva.

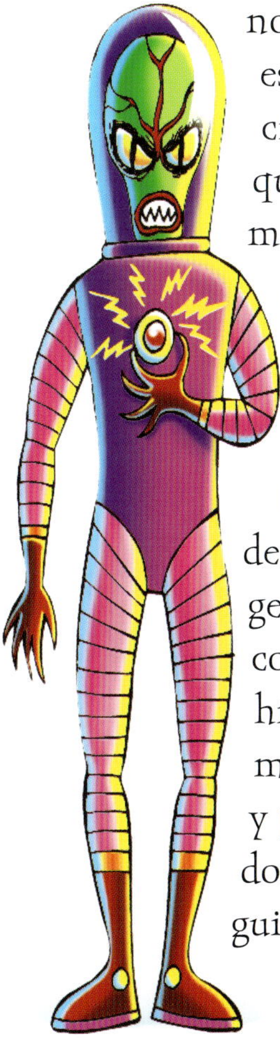

En cuanto a mí, les obedezco a pies juntillas para proteger a mi madre y a Sandra, que siguen escondidas en el refugio. Ellas saben lo que hice y aún no me han perdonado, por eso me siento tan solo que a veces quiero salir y pedir a los tekees que me lleven al zoo donde tienen a mi padre. Al menos allí alguien me haría compañía.

¿Qué te pasa, papá?

—Laura, cariño, déjame trabajar. Tengo muchas cosas que hacer.

—Pero papáaa..., sólo quería que me ayudaras con los deberes...

—Pues ahora no tengo tiempo.

Y le cerró la puerta en las narices.

Laura no entendía nada. Antes papá siempre tenía tiempo para ella, por muy ocupado que estuviese. Gobernar un país –incluso uno tan grande como la Unión Europea– debía ser difícil, pero papá siempre había dicho que lo más importante para él era cuidar a su hijita. ¡Y ella seguía siendo su hijita! ¡Lo necesitaba tanto como antes! ¿Qué había cambiado, entonces?

Laura lo sabía: era papá el que había cambiado.

Mientras pensaba en eso, salió del despacho deslizándose como una sombra, con lágrimas en los ojos, hacia su habitación. Se consoló recordando que al

menos era Navidad y ahora no estaban en el palacio presidencial de Bruselas, donde se sentía rodeada de hombres con corbata y traje gris que la miraban como si fuera un bicho raro, sino en la casa del lago, sólo con sus padres... Y además, papá pronto dejaría de trabajar, porque las familias siempre están juntas en Navidad.

Ya en su cuarto, Laura se sentó delante del libro de Sociales, intentando comprender por qué Napoleón se había empeñado en invadir Rusia. Estaba completamente concentrada cuando su madre llamó a la puerta y entró.

— Cariño, voy a ir de compras con unas amigas. ¿Has escrito ya la carta para los Reyes Magos? Si quieres, ya que salgo te la echo al correo.

—Aún no la he escrito, mamá.

—¿Y a qué estás esperando, hija? Anda, aprovecha y escríbela mientras estoy fuera. Volveré para cenar.

Feliz de tener una excusa para dejar las Sociales, Laura se puso de inmediato a

escribir la carta. Quería un gato que le hiciera compañía, dos muñecas, un ordenador nuevo y una colección muy chula de libros de terror que había visto en casa de su amiga Pilar. Satisfecha con el resultado, fue a la cocina para prepararse algo de merienda como recompensa.

—¿No estabas estudiando? —le preguntó papá, que había ido a beber un vaso de agua.

—Es que estoy un poco cansada. Creo que voy a ver la tele un rato, a ver si ponen dibujos.

(Peligrosos) Invasores del espacio

—Tienes que hacer tus deberes, cariño. Y sin peros, que ya sabes lo que pasa si lo dejas todo para el último momento: que tienes que hacerlo deprisa y mal. Llévate el vaso de leche a tu cuarto y quédate allí, que papá tiene que trabajar mucho y no me puedes distraer.

—Pero...

Papá la acompañó hasta su habitación, la metió dentro y ¡cerró la puerta con llave! Ahora sí que Laura no entendía nada. ¿Estaba castigada? ¿Había hecho algo mal? Sin tener nada mejor que hacer, se tumbó en la cama con el libro de Sociales y volvió con Napoleón.

Bissbissbissbiss. Un ruido extraño venía de alguna parte de la casa. No era nada, seguro. Luego la luz tembló un poco, como si fuera a cortarse, pero volvió a ser normal. Bissbissbissbiss. Ahora era más fuerte. Era un sonido como de insectos. No: como si alguien estuviera hablando, o bisbiseando, pero en un idioma muy raro.

Bissbissbissbiss. La luz volvió a temblar.

Laura se levantó de un salto. Seguro que papá había puesto la radio y eso era lo que oía, pero ¿no estaba trabajando? Así ni ella podía estudiar.

Fue hacia la puerta, dispuesta a protestar, pero recordó que estaba cerrada con llave y se sentó en el suelo, pensando qué podía hacer. Bissbissbissbiss.

Pegó la oreja a la pared, intentado averiguar qué era lo que escuchaba su padre. No, no era la radio. Definitivamente parecía ruido de insectos, y también había pasos, unas pisadas fuertes que sonaban como arañazos en el suelo. Bissbissbissbiss.

Laura pegó un brinco. ¿Y si eran cucarachas? ¿Enormes cucharachas de campo? ¡Qué asco! Tenía que salir de ahí para ayudar a papá a matarlas a todas.

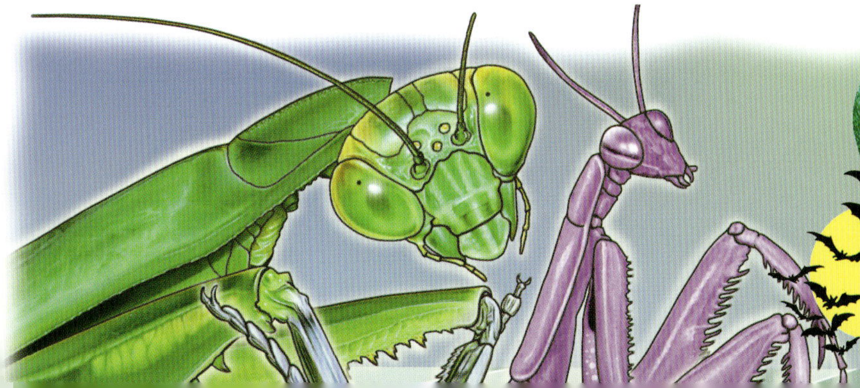

— ¡Papá! ¡Papáaa! ¿Qué ocurre?

Sin respuesta. Nada. A lo mejor las cucarachas se estaban comiendo a papá. Corrió hacia la ventana e intentó abrirla. Imposible, estaba muy dura. Además tenía barrotes, así que no podría escaparse por allí. Vio a los guardaespaldas de su padre, paseando alrededor de la casa. Intentó llamarles aporreando el cristal y gritando como una loca, pero no la oyeron.

De pronto tuvo una idea. Se quitó una horquilla del pelo y fue de nuevo a la puerta. La casa del lago era vieja y las cerraduras eran de las antiguas, de esas que se abren con una llave, no con una tarjeta electrónica. Así que metió la horquilla y trató de abrir. Bissbissbissbiss. ¡Ay! Ahora se había hecho daño en el dedo. Se lo chupó con cuidado y siguió intentándolo. Bissbissbissbiss. Tenía que conseguirlo o las cucarachas se comerían a papá por los pies. ¡Debía tener la boca llena! ¡Por eso no contestaba!

Clic. ¡Por fin! La puerta se abrió con un chirrido.

No había cucarachas por ningún lado, y la casa estaba a oscuras. Bissbissbissbiss. El silbido venía del despacho de papá. Muy despacio, con un poco de miedo, Laura se dirigió hacia allí. La puerta estaba cerrada, pero se veía luz por debajo de la puerta. Bissbissbissbiss. El sonido era más fuerte que nunca. Apoyó la mano en el pomo y, de un impulso, abrió la puerta.

¡Uf! Allí estaba papá, sentado en su sillón.

Pero siete bichos que parecían mantis religiosas, de un verde asqueroso y de dos metros de alto, lo rodeaban. Muy tranquilo, papá se levantó y se dirigió hacia ella.

—Cariño, te dije que no salieras de tu habitación... —le dijo mientras un horrible tentáculo salía de la boca de papá para ir directo hacia los ojos pasmados de Laura.

Visita la web

www.aportodas.net

—Además, no sale nunca de casa. Este crío no debe tener ni un amigo. Es un bicho raro.

—¡Qué cosas dices, Paco! A lo mejor deberíamos llevarlo a un psicólogo, porque el pobrecito no es normal.

—¡En qué momento se nos ocurriría regalarle un ordenador! Pero ahora cualquiera se lo quita.

Borja sacudió la cabeza y apartó por un momento la mirada de la pantalla, pensando en lo que acababa de oír. Sus padres. Siempre igual. Sin llegar a levantarse, se impulsó con las ruedas de la silla hasta la puerta y asomó la cabeza.

—Si vais a hablar de vuestro fracaso como padres y de cómo habéis sido incapaces de hacer de mí una persona de provecho, podríais tener la delicadeza de iros a discutir al salón y no

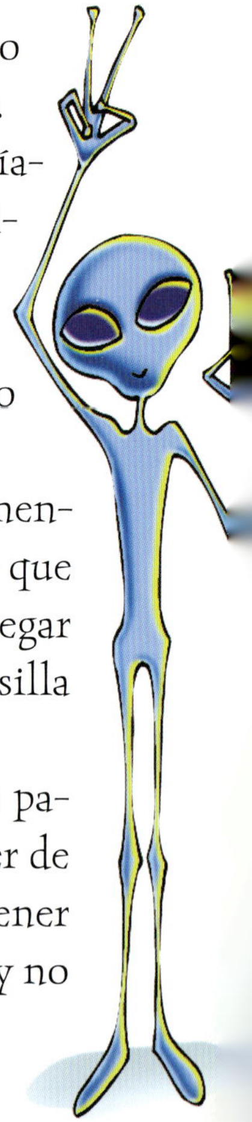

delante de la puerta de mi cuarto. Seré anormal, pero no sordo.

—¡Oh!, cariño… –empezó a decir su madre, pero Borja cerró la puerta y echó el pestillo. Como si nada hubiera ocurrido, volvió a colocarse delante del ordenador.

`<BorjaMari> Eran mis padres. Son unos pelmas.`

`<anakin> vete de kasa no tienes por ke aguantarles`

Anakin era el mejor amigo que Borja tenía en la red. Escribía siempre con «k» y no ponía ni mayúsculas ni acentos ni puntos ni nada, pero era muy majo. Claro que en realidad Anakin se llamaba Alberto y vivía en Santander con sus padres.

`<BorjaMari> Estás mal de la olla. ¿Y de qué vivo? ¿Me voy debajo de un puente? No, gracias, no tienen conexión ADSL en los puentes de mi barrio.`

<anakin> pues haz komo yo ke estoy ahorrando para komprarme una kasa propia visita la pagina web www.aportodas.net y ya veras tio

Y cortó. Borja se quedó unos segundos mirando la dirección de internet que le había pasado su colega. Seguramente Anakin le estaría tomando el pelo, pero... ¿y si hablaba en serio? Total, no tenía nada mejor que hacer, así que entró en la página y le echó un vistazo. Parecía un poco estúpida; de todas formas dejó su correo electrónico, por si se querían poner en contacto con él.

Aquella noche, cuando revisó su cuenta de correo antes de acostarse, comprobó sorprendido que tenía un e-mail de la empresa aquella, «aportodas». La oferta era sencilla: si aceptaba, le envia-

rían por mensajero un chip que debería instalar en un ordenador de la Agencia Espacial Europea, en el edificio de su propia provincia. Le pagarían mil euros. Borja no era tonto, y sabía perfectamente que allí había gato encerrado. O era una broma pesada, o se estaba metiendo en algo ilegal, pero... qué diablos..., ¡sería divertido! Contestó que sí.

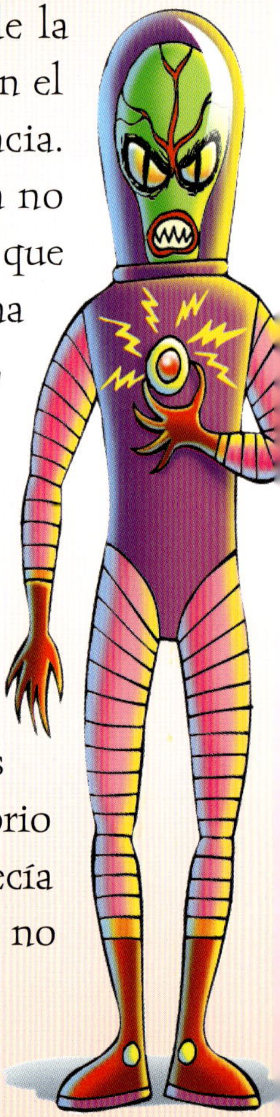

Recibió el paquete por la mañana, antes de ir al colegio. El chip venía con unas instrucciones tan detalladas que parecían para tontos. Era viernes. Durante el recreo convenció a la profesora de Ciencias para organizar una excursión al observatorio de la Agencia Espacial, que siempre se ofrecía para estas cosas. Llamaron por teléfono, y no hubo ningún problema. Sería el lunes.

Borja no pegó ojo en todo el fin de se-

mana. Intentó volver a la página aportodas.net, pero tenían problemas de conexión, porque siempre daba error. Entonces decidió chatear con Anakin, pero tampoco le encontró en la red.

El domingo por la noche recibió un mensaje en el móvil: suerte mañana en la agencia - anakin. ¡Ahí va! ¿Cómo diablos se había enterado él? Estaba pasando algo muy raro... Pero Borja ni se planteó echarse atrás.

El lunes a las diez estaba con toda su clase en el observatorio de la Agencia Espacial Europea. Borja se escaqueó del grupo y se acercó a la mesa de recepción. Llamó desde su móvil a la secretaria y le dijo que se había quedado encerrado en los aseos del tercer piso. La pobre mujer dejó su puesto para atender al niño. En sólo tres minutos, Borja instaló el chip en el ordenador de recepción según las instrucciones. Nadie lo vio.

(Peligrosos) Invasores del espacio

Esa misma tarde un mensajero le llevó a casa un sobre con unos papeles del banco. Tenía una cuenta a su nombre con un saldo de mil euros.

A las cuatro de la mañana, Borja daba vueltas en la cama pensando en todo aquello. De repente sonó su móvil. Era otro mensaje de Anakin: «estoy en el parke de enfrente de tu casa ven ahora». Se vistió a toda prisa sin hacer el menor ruido y salió por la ventana.

Un niño alto, delgado y con gafas le estaba esperando en un banco. Era Anakin que, sonriendo, le hizo un gesto para que no dijera nada. Se dieron la

mano, y el chaval señaló hacia el cielo. Una luz se aproximaba. ¡Era una nave espacial! Deslizándose muy despacio, se detuvo junto a ellos, sobre unas petunias. Se abrió una compuerta de la que sólo salía

una cálida y atractiva luz. Los dos amigos entraron cogidos de la mano.

—¡Tío, esto es increíble! –dijo Borja, lanzando un silbido.

—Sabía que te gustaría. Ya les dije que harías bien el trabajo. ¡Espera a ver nuestra próxima misión!

—¿Próxima misión? –Borja estaba dispuesto a todo.

—Vamos a inutilizar el Pentágono, claro. Tu idea de las visitas escolares es genial. Ya tenemos algunos pases y citas con unos estudiantes para mañana... Pero ven. Ése es el jefe.

—Así que tú eres el pequeño humano que nos va a ayudar a conquistar la Tierra –silbó el jefe, un gusano baboso de un metro de largo.

(Inquietantes) Casas encantadas

La casita de gominolas

—¡Mira, mira, mamá, qué bonita está ahí puesta la casita!

La verdad es que, sobre la cómoda pintada con ositos, la casa hecha de nubes y gominolas quedaba preciosa. Parecía iluminar el dormitorio de Elena.

—Sí, cariño, está preciosa. Pero no vayas a comértela toda de una vez, ¿eh?

—No pienso comérmela nunca jamás. La dejaré donde está para toda la vida.

—Tampoco es eso, cielo. Mañana, cuando vengan los niños a tu fiesta de cumpleaños, tendrás que invitarles a probar los dulces de tu casita.

—No pienso ni enseñársela. ¡Me la destrozarían toda!

—Ya veremos qué pasa mañana. Ahora tápate bien y duerme de un tirón toda la noche. ¿Vale, reina?

—Vale, mami.

—Buenas noches, mi amor.

Elena se despertó en medio de la noche sin saber bien qué era lo que le había hecho abrir los ojos. Y la verdad es que los tenía bien abiertos. Sin una pizca de sueño. Puso los oídos de escuchar (ésos tan abiertos que llegas a oír hasta silbiditos cortos y ligeros) y escuchó y escuchó hasta que se dio cuenta de que no le había despertado ningún ruido. De hecho, no se oía nada de nada. Ni siquiera esos crujidos pequeñitos que tienen todas las casas por la noche, cuando todo está en silencio.

—Qué raro, ¿no? –Elena suele mantener conversaciones consigo misma–. Por más que escucho no oigo nada. Ni siquiera me oigo respirar. A lo mejor es que me he quedado sorda de repente. ¡Pero qué tonterías digo! No me he quedado sorda porque escucho la mar de bien mi voz al

hablar. De todas formas... El grifo de mi cuarto de baño suelta una gotita que de noche se oye una barbaridad y ahora no la oigo. Ni tampoco suenan las hojas de los árboles del jardín, ni el agua de la fuentecita. Esto es de lo más raro. No me gusta ni un pelo.

Elena no era una niña miedosa. En los diez años que iba a cumplir al día siguiente, no recordaba haber tenido miedo nunca. Pero ahora, despierta en medio de

la noche, empezó a sentirse intranquila. El silencio que la envolvía era espeso y sofocante. Como si una manta se hubiera extendido sobre la casa ahogando los sonidos.

—¡Mamá! !Mami! ¡Ven, por favor! ¡Ven deprisa!

Se dio cuenta de que su voz quedaba completamente apagada por la manta. Que mamá no la podría oír por mucho que gritara. Que allí, sentada en su cama en medio del silencio y de la oscuridad, le podía suceder cualquier cosa sin que nadie acudiera en su ayuda.

Y entonces sí que se asustó.

Se asustó tanto que un frío terrible

empezó a subirle por las piernas hasta dejarla helada de espanto.

—Chsss, chsss... Niña. ¿Por qué abres tanto los ojos?

Al oír la vocecilla, fina y chirriante que salía de Dios sabía dónde, Elena pegó un respingo francamente notable.

—Oye, niña. Si sigues dando esos saltos te vas a caer.

—¿Qui... qui... quién eres? ¿Do... dón... dónde estás?

—¿Eres tartamuda o algo por el estilo?

—N… n… no s… soy ta… ta… tata… tarta…

—¡Bueno, déjalo! No puedes imaginarte lo molesto que es oír tus balbuceos. Respira hondo y busca tu voz allá donde quiera que la hayas perdido y luego me contestas. Me irrita muchísimo que me hables a trompicones.

Elena siguió al pie de la letra las instrucciones de la vocecilla. Respiró hondo y, más que ponerse a buscar su voz, se dedicó a encontrar el suficiente valor como para mantener una mínima apariencia de serenidad.

—Tampoco puedes tú, seas quien seas, imaginar lo molesto que es que la despierten a una en medio de la noche, se le vuelva sorda y se le hable desde las tinieblas con una voz tan chirriante como la tuya.

No sé quién eres, pero me parece que no vas a gustarme mucho.

—¡Mira qué bien! La niña tiene agallas. Esto puede resultar mucho más divertido de lo que parecía.

—Ya; pues a mí no me hace ni pizca de gracia...

—La verdad es que eso me importa un comino. Tú aquí no eres más que una invitada a la fiesta.

—¿Una invitada? ¡Estaría bueno! Tienes un morro que te lo pisas. Por si no lo sabes, estás en mi casa; en mi dormitorio. Y que yo sepa, a ti nadie te ha invitado a venir aquí. ¿Es que no sabes lo que es la educación?

—Mira, niña estúpida...

—¡No miro nada! ¿Cómo quieres que mire si aquí no se ve ni un pimiento? Enciende la luz si te atreves y háblame cara a cara. ¡So... so pedazo de grillo chirriante!

Frente a la cama, sobre la cómoda de ositos, comenzó a despuntar una

luminosidad que fue haciéndose más brillante hasta iluminar por completo la casita de chucherías. El blanco de las nubes que formaban las paredes resplandecía como el nácar. Los marcos de las ventanas hechos en gominolas de cola parecían refulgentes topacios.

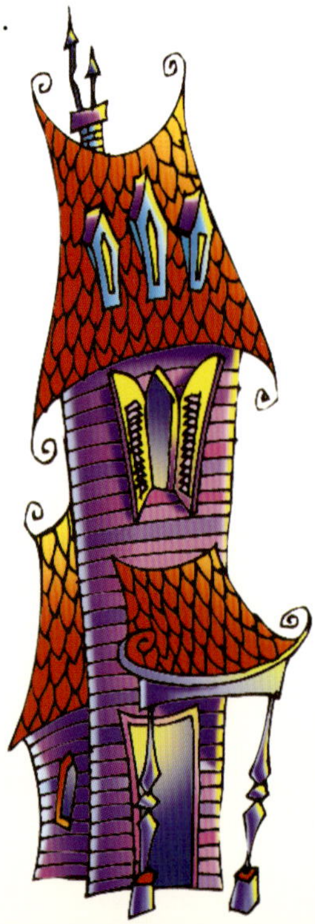

La puerta de entrada centelleaba con el color de los rubíes de las moras de goma de masticar. Todos los colores apetitosos de las golosinas brillaban luminosos como un televisor de veintinueve pulgadas. Y tan tremendamente apetecible... que Elena se quedó extasiada contemplándola.

No tuvo mucho tiempo para su éxtasis. La puerta, roja como los rubíes, se abrió y lo que salió la hizo bajar de su ensueño a tal velocidad que si no llega a estar en la cama se hubiera dado un buen porrazo.

No era grande. No más de quince centímetros, así que como monstruo no era gran cosa. Pero como insecto (y eso era lo que parecía) tenía un tamaño más que regular.

Los brazos eran patas de sierra como los de las chicharras, pero terminados en manitas con cinco dedos; las piernas eran como las de los saltamontes, pero terminadas en garras; el cuello era largo y giratorio como el de las mantis religiosas, pero rematado por una carita con ojos, nariz y boca de persona con expresión maligna.

—Bueno guapa, ya tienes la luz. ¿Estás contenta?

Elena tuvo que hacer el mayor de los esfuerzos para no ponerse a aullar. Pensó que si había superado el primer susto, bien podía superar el segundo y volvió a respirar profundamente soltando con el aire todo el espanto que la producía aquel asqueroso bicharraco.

—Pues mira, sí. Es mejor saber con quién estás hablando que decirle cosas a una voz en la oscuridad.

—Te estás haciendo la valiente, ¿verdad?

—No; lo que pasa es que tú no das nada de miedo.

—Cuando te enteres de lo que te va a pasar, ya veremos si te doy miedo o no.

—¿Y qué me va pasar?..., si puede saberse.

— Vas a servirme de alimento.

—No me digas. ¿A ti y a cuántos más?

—A todo mi enjambre. Doscientos mil, más o menos. Te lo

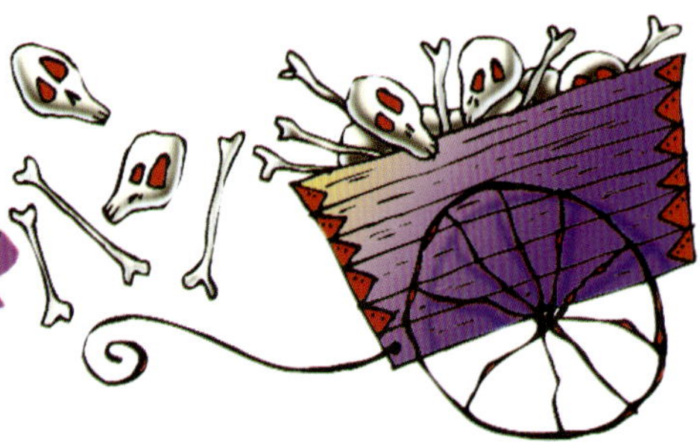

voy a explicar, para que te enteres. La casa de gominolas es una trampa para cazar niños. También es una máquina de viajar por el tiempo. Verás. Los niños suelen guardar la casita en su habitación. Una hora antes del amanecer nos trasladamos desde otra máquina a ésta, llegamos cuando el niño duerme y... ¡zas!, le hacemos desaparecer. Después la casita se va a cazar a nuevos golosos. Hoy yo me he adelantado un poco a mis compañeros, pero no te preocupes, que todo llegará...

Cuando mamá entró a despertar a Elena se la encontró sentada en el suelo, masticando a dos carrillos los restos que quedaban de su casita de gominolas. Al pie de la cómoda, junto a una bota de esquiar, se podía reconocer el cadáver espachurrado de una chicharra descomunal.

La casa de las tres hermanas

—Ahora, mis queridos alumnos, vamos a continuar con la lección del viernes. Estábamos con las leyendas de la antigüedad. ¿Alguien ha leído algo sobre este tema?

—Yo he leído la historia de las Gorgonas, que la hermana mayor se llamaba Medusa. Es una historia de lo más... ¿cómo diría? Fuerte que te pasas.

—A ver, Ignacio, cuéntanosla a todos.

—Pues eran tres hermanas malísimas que sólo con mirar a la gente la convertían en piedra. Y la mayor, Medusa, tenía toda la cabeza llena de serpientes en vez de pelos, o sea, que se le movían los pelos, y sacaban la lengua y todo eso, porque en vez de pelos eran serpientes. Pero un chico que se llamaba Perseo por fin la mató y metió su cabeza en un zurrón.

—Muy bien, Ignacio. No ha sido un prodigio de narración, pero al menos has leído la historia.

—¿Y dónde pasaron esas cosas? –preguntó Germán, el avispado de la clase.

—En Grecia. Parece que las Gorgonas vivían en una de las islas del mar Egeo.

—¡Cómo mola, «profe»! –saltó Germán–. ¡Nosotros vamos de vacaciones en barco justo por las islas griegas!

A las cuatro de la tarde el calor es espantoso. El mar está como un cristal azul, tranquilo y brillante. La isla de Naxos sirve de telón de

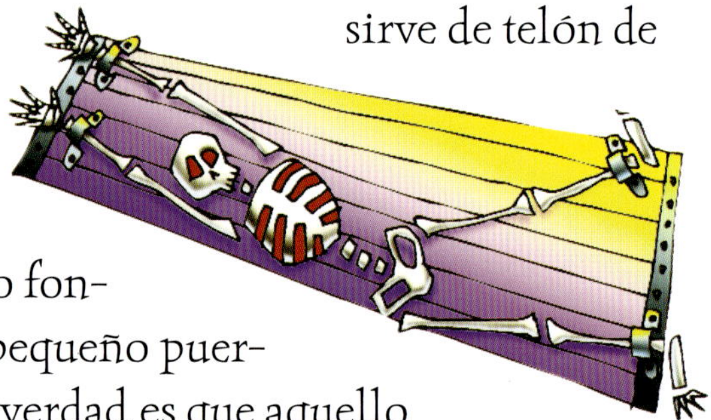

fondo al barco fondeado en un pequeño puerto natural. La verdad es que aquello parece un paraíso sereno y silencioso. De pronto, sin que al parecer venga de ninguna parte, la tranquilidad de la siesta se ve interrumpida por un grito espantoso.

—¡Yuhhhh! Prepárate a morir, héroe de pacotilla. Caerás bajo mi espada, que antes mató a la Hidra.

El intrépido Germán rompe el cristal del mar al tirarse por la borda haciendo la bomba. Tras él, Nando, su hermano mayor, hace lo mismo. Casi a la vez, su madre saca la cabeza por un ojo de buey del camarote.

—¡Pero bueno! ¿Queréis matarme de un susto? ¿Por qué dais esos bocinazos? ¡Vais a despertar a papá!

La voz del padre se deja oír con tono de resignación.

—Si ellos no me hubieran despertado, lo habrías hecho tú, cariño. Chicos, ¿por qué no tomáis la barca y os dedicáis a explorar esas islas?

Con gritos de júbilo y mucha bulla los hermanos desamarran la pequeña fueraborda y ponen rumbo a las arenas de la playa de Naxos, cerca del hogar de las Gorgonas.

—Germán, ¿te acuerdas, cuando vinimos navegando desde Thera, de aquella isla pequeñaja que estaba rodeada de rocas mogollón de altas?

—¡Sí, hombre! Te la señalé yo. Te dije que parecía una muralla hecha por los gigantes.

—Es que en ese sitio puede haber pasado de todo, macho. Creo que era por aquí por donde hacían de las suyas los famosos dioses del Olimpo, así que...

—¿Te fijaste? En esa islita había una playa enana.

—No me acuerdo, pero si tú sabes llegar, dime por dónde tengo que ir, que yo controlo la barca.

Y así, controlando, llegaron a una pequeña abertura entre las gigantescas rocas que cercaban la islita, como enormes pinchos amenazando el cielo.

—Nando, mira, hay un pasadizo. ¡Jo, qué barbaridad! No había visto nunca unas rocas tan negras.

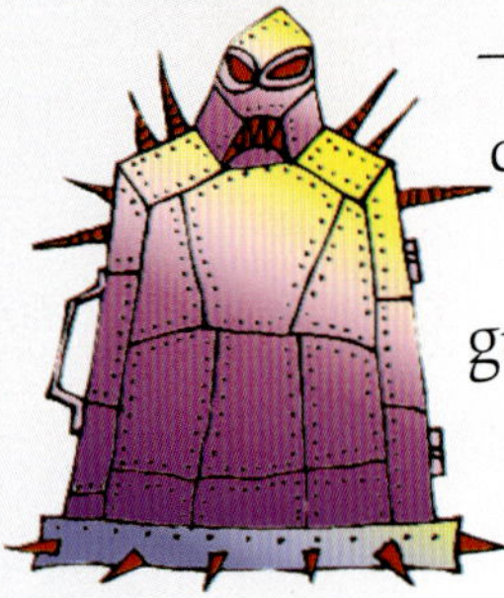

—¡Anda ya! ¿No me irás a decir que te rajas?

—¡De eso nada, tío! ¡Anda y sigue para adelante!

—¡Jo, Nando! Fíjate qué pedazo de estatua. Si es más grande que yo. Parece que fuera una persona de verdad. ¡Mira! En ese lado hay otra.

—Y allí otra. Tío, aquí debe de tener su casa uno de esos magnates griegos con montones de dinero. Y se ha dedicado a plantar estatuas como el que planta tiestos.

—Vaya rareza, tú. Mira esa pequeñita. Es igual que un niño, aunque lleva una ropa de lo más rara. Como si estuviera todo vendado.

—Y esa que está a su lado podría ser su madre. Voy a curiosear por detrás de aquellas rocas. A lo mejor vemos la mansión de esta gente tan rica.

—Espera, Germán. Fíjate en la cara de la mujer esa, la del niño...

—Luego la miro. Ahora voy a investigar por este camino. ¿A que parece el Cañón del Colorado, pero pintado de negro y en miniatura?

—¡No vayas, Germán! ¡Por lo que más quieras, no vayas! Esa estatua no parece una estatua. Parece una persona de piedra y tiene cara de estar muy asustada. Y las demás también. ¡Fíjate! Son gente que se ha quedado muy dura, como de una pieza. Ahí dentro debe haber algo horrible. ¡Vuelve, Germán!

Germán no contesta a los gritos desaforados de su hermano. Todo se ha quedado en silencio. A los oídos de Nando llegan unos sonidos sibilantes, como si por donde ha desaparecido Germán avanzara toda una procesión de serpientes enfadadas, dispuestas a atacarle. A dejarle tan tieso como las esculturas que le rodean.

La casita en el jardín

Querida madrina: Estoy encantada, de verdad, te lo prometo. Papá se viene a vivir aquí y deja ese enorme país donde se ha pasado tanto tiempo trabajando en la finca que es casi tan grande como Francia y que le ha dado tanto quehacer. ¡Lo ha vendido todo! Eso quiere decir que ya no seguiré más tiempo interna en este colegio y podré vivir con mi papá. Además, si me quedo aquí para siempre, te podré ver cuando quiera y no sólo en vacaciones. Y te voy a contar una cosa maravillosa: papá ha comprado un palacio; un palacio de verdad. Me ha mandado las fotos y tiene un jardín enorme, y en el jardín hay una casita para mí, para jugar. Me ha dicho que tiene sus muebles y todo. ¿No es fantáaastico?

Bueno, te dejo que tengo que estudiar. Muchísimos besos. Te quiero mucho, madrina.

Tu ahijada, Cary.

Cary mira boquiabierta el interior de la casita del jardín. Es como una de verdad; con su salón, su comedor, su cuarto de baño donde todo funcionaba de verdad, su cocina con agua en la pila para poder beber y lavarse las manos... Aquello es absolutamente maravilloso. Invitará a sus amigas del colegio y organizarán meriendas y fiestas como las de los mayores.

—¡Ay, papi! Es fantáaastico que por fin vivamos juntos. Soy tan feliz que me parece que voy a explotar.

Los días transcurren entre albañiles, pintores y fontaneros y, a la vez

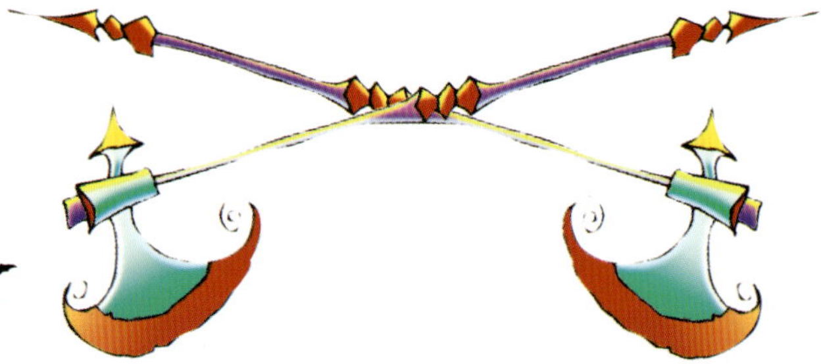

que reparan la casa grande, se arregla también la casita del jardín. Cary se ocupa de todo como una mujercita autosuficiente. Madrina va cada tarde y disfruta viendo a Cary disponer las cosas.

—Madrina, ¿verdad que es fantáaastico tener una casa para mí sola? Ninguna niña de mi edad tiene una igual.

Ya se han terminado las obras y se prepara una gran fiesta en la casa grande. Cary hará de anfitriona, pero sólo hasta las diez. Cuando tenga que irse a la cama quedará Madrina para ayudar a papá con los invitados.

Esa noche tan especial Cary no duerme bien. La despierta lo que parece una voz de niña quejumbrosa que viene del jardín. Intenta escuchar lo que dice, pero sólo distingue un murmullo lloroso.

—Lo que has oído es el sonido del viento entre los árboles –le explica papá mientras desayunan.

—Que no, papi, te lo prometo. Era una niña que lloraba y decía no sé qué cosas. Me dio mucha pena.

—Vamos, cariño; sólo ha sido una confusión. Es lógico. Tu vida ha cambiado completamente y la fiesta de ayer ha sido la gota final; bueno, la penúltima gota. Todavía te queda la fiesta de inauguración de tu propia casita.

—Es verdad, papi. Hoy voy a mandar las invitaciones.

Cary oye cada noche la voz llorosa, pero se obliga a creer que papá

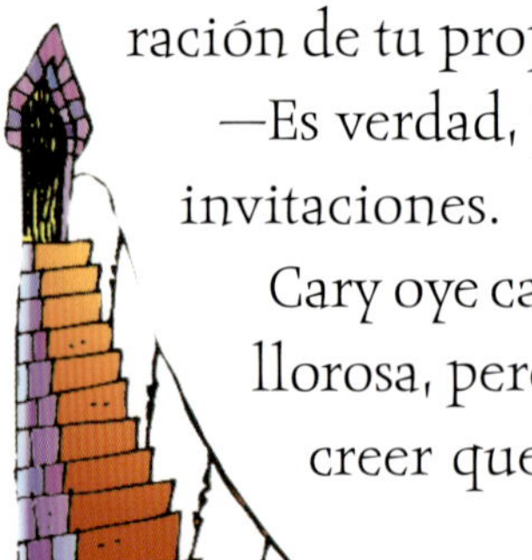

tenía razón y no es más que el viento entre los árboles. Pasan los días y llega el momento en el que sus amigas vienen a conocer su casita de juegos.

—Ha sido una fiesta maravillosa, papi. A todas les ha parecido genial mi casita. Creo que hasta han tenido un poquito de envidia sana. Me las imagino pidiéndoles a sus papás que les hagan una casita así en el jardín.

—Nunca podría ser igual, cariño. La tuya es muy antigua. Tiene casi doscientos años.

—¿De verdad? ¿Tantos? Me parece fantáaastico.

—Anda, fantástica, a la cama, que debes estar cansada.

Cary se despierta de nuevo oyendo el sonido lejano de la voz que gime en el jardín. Pero esta vez es distinto, se la oye más fuerte. Ya no puede creer que sea el aire... Se asoma al balcón y escucha con atención. El llanto de la niña le parte el alma. Se pone unas zapatillas, baja las escaleras y sale al jardín, justo frente a su casita. De allí vienen los lamentos. No siente ningún temor, sólo una pena tremenda por la pobre niña que sufre tanto.

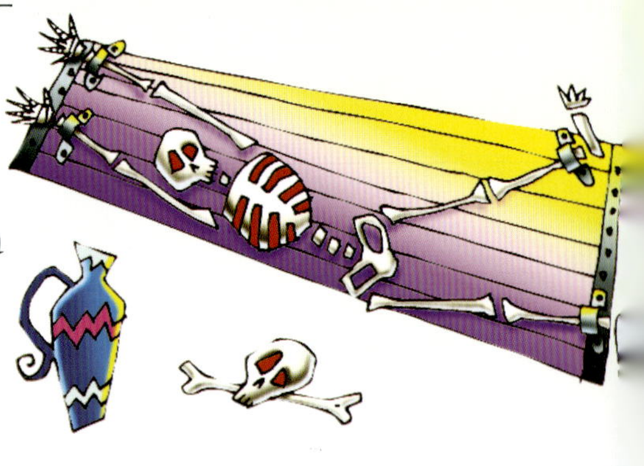

La casita en el jardín

—No, mamá, no te vayas; no me dejes aquí encerrada. Está oscuro y tengo mucho miedo.

Ahora sí oye claramente las palabras de aquella niña.

—¿Dónde estás? ¿Por qué te escondes? —Cary entra en la casita—. Déjame que te ayude; por favor, déjame que te ayude. Mira, he encendido la luz y ya no está oscuro.

—Mamá, ven a sacarme de aquí. Tengo frío. Tengo hambre. Mamá, ábreme, ábreme —sigue pidiendo.

Cary comienza a aporrear las paredes intentando encontrar a quien se lamenta con tanto dolor. ¿Cómo es posible que su mamá la haya dejado encerrada allí? Cary no entiende nada. ¿De

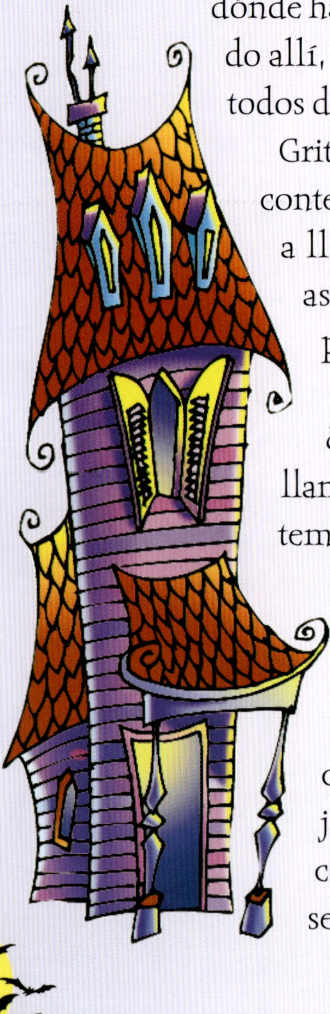

dónde ha salido? ¿Quién la ha dejado allí, sola, por la noche, cuando todos dormían?

Grita y grita, intentando que la contesten. También Cary se echa a llorar. Entonces papá entra asustado. Ni siquiera se ha puesto unas zapatillas.

—¿Qué te pasa, cariño? ¿Por qué lloras así? ¿A quién llamas? ¡Dios mío, hija, si estás temblando!

Papá hizo que se averiguara la historia del palacio. Era de lo más triste: lo mandó construir un conde francés para su mujer y su hija de diez años. El conde viajaba mucho y no se dio cuenta de que su mujer perdía poco a poco el juicio. Un día que se quedó sola con la niña, jugaron a las visitas en la casita. Tomó con ella un chocolate y se despidió, cerrando la puerta con llave, y se marcho a París a buscar a su marido. El palacio estaba demasiado aislado y nadie escuchó los gritos de la niña. La encontró su padre cuando volvió a los dos meses.

La habitación que canta

Estoy solo en el cuarto donde voy a dormir en casa de la tía Herminia, y quiero aprovechar para escribir en mi Cuaderno de Campo todo lo que espero que pase esta noche. Mi padre me regalaba estos cuadernos para que anotara en ellos las maravillas de la naturaleza, pero... he decidido dedicar estas páginas a contar mi vida, que me entretiene mucho más.

Por primera vez en mis once años me encuentro alejado de mis padres, que se han ido a la Patagonia y me han dejado con la tía Herminia, que es hermana de mi abuelo materno. Y ahora viene lo más excitante: en esta casa (más bien palacio, por su tamaño), ¡hay una habitación embrujada! Para daros una idea de lo que va la cosa, voy a poner aquí una conversación entre mamá y yo.

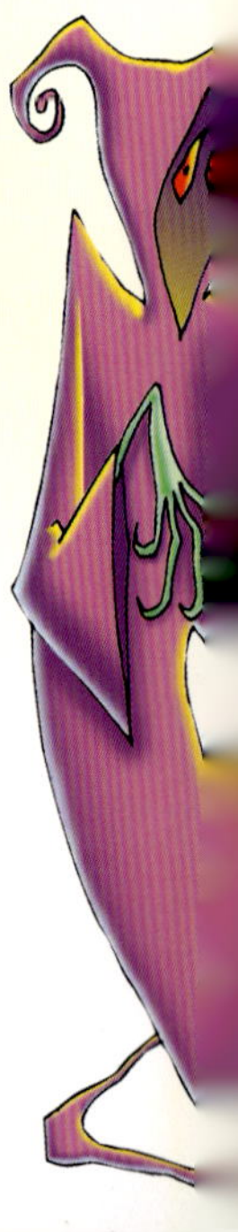

YO.– Pero mami, ¿de verdad hay fantasmas en casa de tía Herminia?

Mamá.– En la casa no, Charly. Sólo en una habitación.

Yo.– ¿Los has visto alguna vez?

Mamá.– Yo no. Hace muchos años que nadie los ve. Pero los he oído y no me gustó nada escucharles.

Yo.– ¿Y qué te decían?

Mamá.– No decían nada; sólo cantaban. Una especie de coro que se te metía en la cabeza y casi te volvía loco. Cuando empezaban, los abuelos nos ponían los abrigos y nos sacaban de la casa, a dormir al parador.

Yo.– ¿Los del parador sabían por qué os ibais?

Mamá.– Claro, Charly. Todo el mundo sabía lo de los fantasmas. Llevan en la casa doscientos años o más.

Yo.– Cuéntame la historia, mami. Cómo llegaron a la casa y por qué se quedaron... y todas esas cosas.

MAMÁ.– No sé porqué. Cuando mi abuelo la compró llevaba mucho tiempo deshabitada, pero ya se hablaba de la habitación que canta. Él decía que todo eso eran tonterías y la primera vez que oyó las voces mandó que tiraran una pared. Creía que ese horrible sonido lo producía el aire al entrar por la chimenea. Luego se dio cuenta de que no era eso. Y otra cosa, Charly: la habitación sólo cantaba cuando los niños estábamos allí.

Después de esta conversación con mamá, podrá comprender todo el mundo que me moría de ganas de saber más cosas sobre los fantasmas

cantores. Hoy las circunstancias no pueden ser mejores. Yo soy el primer niño que duerme en la casa en muchísimos años; aquí no hay nadie más que la tía Herminia (y ella no representa ningún peligro para mis planes), y lo más importante: sé dónde se guarda la llave de la habitación embrujada.

Mi plan de esta noche es sencillo. Esperaré a oír los ronquidos de la tía Herminia (mamá dice que ronca como una locomotora) y una vez seguro de que ni un trueno puede despertarla, cogeré la llave y subiré a la habitación del torreón. Estoy deseando saber quién se oculta allí.

Termino de escribir ahora. La tía Herminia ha empezado a roncar. Puff, parece una serrería a tope de trabajo. Voy para arriba. ¿Qué será lo que me espera?

La habitación que canta

Mientras la vieja casa se estremecía con las voces que entonaban una cantinela indescriptible, Charly ardía en deseos de encontrarse con aquello que cantaba.

Abrió la puerta y el canto cesó. Dentro estaba oscuro. De pronto la puerta se cerró y comenzó otra vez la cantinela. El niño no sintió miedo. Nada iba a causarle daño. Aquello le estaba esperando, esperaba su ayuda. Comenzó a distinguir unas palabras entre los cánticos.

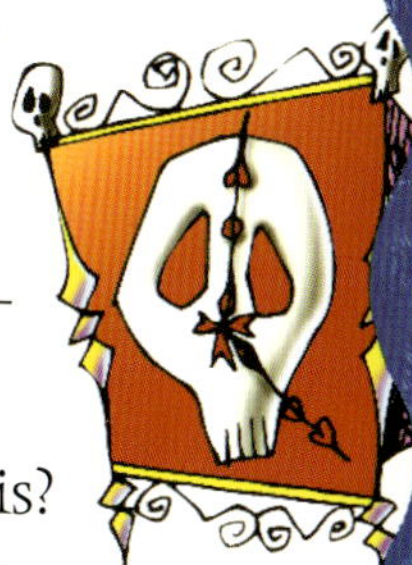

—Niño... Niño... Has venido. Estábamos esperándote.

—¿Quiénes sois? ¿Por qué me esperábais?

—Estábamos tan solos... Por eso cantamos siempre...

Una vocecilla muy finita se hizo oír entre las demás.

—Soy Marcela. Tengo cuatro años y hace mucho que me quedé sola... Nadie quiere venir aquí. Hace frío y estoy taaan cansaaada...

—¡Por favor os lo pido, decidme qué puedo hacer yo!

La voz que se escuchaba ahora era de un adolescente.

—Somos sólo niños y estamos muy solos. Cantamos para hacernos compañía. ¿Tú no cantas para evitar la soledad? Nos quedamos sin papás y no podemos volver con ellos. Nadie ha venido desde entonces y nosotros no sabemos adónde ir.

Tras estas palabras, en medio de la oscuridad comenzó a vislumbrarse una luminosidad verdosa que alumbró la habitación. Parecía salir del cuerpo de los niños que llenaban la estancia. Estaban pálidos y delgados, vestidos con ropajes de distintas épocas, unos humildes y otros que aún conservaban su antiguo esplendor. Miraban con ojos de espectación al visitante en pijama.

—¿Pero por qué estáis aquí? ¿Aquí, precisamente?

Dos pequeños fantasmas se adelantaron. Se notaba que eran mellizos.

—Nuestro papá mandó hacer esta casa para nuestra madre y nosotros nacimos aquí. Un día se fueron sin despedirse... y todavía seguimos esperándoles. Al final nos quedamos dormidos y, cuando despertamos, estábamos en un lugar desconocido, oscuro y frío, que no era nuestro hogar. Por eso volvimos. ¿Tú sabes dónde están mis papás?

El adolescente que había hablado antes se dirigió al niño:

—¿Y los míos? ¿Sabes algo de los míos? Mis recuerdos son tan confusos... Era verano, viajábamos, tuvimos un accidente... Alguien me recogió y, cuando pregunté por mis padres, me dijeron que pronto vendrían a por mí. Me dormí tranquilo, pero... Ellos nunca volvieron. No me han encontrado y yo no sé qué les ocurrió. Vagué por ahí hasta que supe que aquí había otros como yo: niños solitarios... que cantan para hacerse compañía.

Han pasado algunos años y he encontrado una nueva utilidad para mis Cuadernos de Campo. En la casa, que hoy es de mis padres, nos reunimos varios jóvenes. Hemos decidido investigar el paradero de los padres de esos niños, que ni siquiera saben que han muerto. Sólo quieren que alguien les diga qué fue de ellos, su destino, o si aún son felices juntos. Entonces, por fin descansan en paz. Les estamos ayudando a conocer su historia y ahora, a veces, la habitación canta... pero de alegría.

Contenido